只求在最美的年华遇到你

侯拥华／著

西苑出版社
XIYUAN PUBLISHING HOUSE

图书在版编目（CIP）数据

只求在最美的年华遇到你 / 侯拥华著 . — 北京：西苑出版社，2015.10

ISBN 978-7-5151-0523-9

Ⅰ . ①只… Ⅱ . ①侯… Ⅲ . ①散文集—中国—当代 Ⅳ . ① I267

中国版本图书馆 CIP 数据核字（2015）第 225767 号

只求在最美的年华遇到你

作　　者　侯拥华
责任编辑　李　健
出版发行　西苑出版社
通讯地址　北京市朝阳区利泽东二路3号
邮政编码　100102
电　　话　010-64210080
网　　址　www.xiyuanpublishinghouse.com
印　　刷　北京金瀑印刷有限责任公司
经　　销　全国新华书店
开　　本　880毫米 × 1230毫米　1/32
字　　数　107千字
印　　张　7.5
版　　次　2015年11月第1版
印　　次　2015年11月第1次印刷
书　　号　ISBN 978-7-5151-0523-9
定　　价　29.80元

自 序

假如你爱一个人

整理书稿时，忽然从邮箱里翻出来十几年前的一篇文章。读起来，内心暖暖的。

现在回想起来，只记得，那些文字是从一个女孩子的QQ空间里摘录的，因为喜欢，便放在自己的邮箱里了。那时候，我正在偷偷地搞写作，写了一些文字总不敢示人，且总喜欢读一些很美的文字。那时候身边的朋友大多二十出头，许多人，正在或明或暗地谈恋爱，可我没有。孤独的我就像路边一棵普普通通无法引人瞩目的树。我渴望爱情，爱情却没有光顾我。正是在那样的时光中，我隐约知道，她也在谈恋爱，恋着一个什么人呢，并不清楚。只记得，每天见到她，她都是一副欢喜的样子，时常看见她在闲暇时刻，偷偷躲在电脑室里用QQ聊天，聊着聊着，便莫名其妙地笑起来。再后来，有一天，她从单位里辞职了，连招呼都没打就消失了。我忽然生出一种莫名的失落感，仿佛是我经历的一场失恋。

她走后的很长一段时间，我都没有得到她的消息。有一天，上网冲浪，忽然就想起了她，无意中浏览她QQ空间的时候，读到了那些感人的文字。那一刻，我的心被打动了，忽然觉得爱情的感觉是那么美好，愈发增强了我对爱情的向往。我相信，不久的将来，我也会像她那样拥有美好的爱情。她在 QQ 空间中，这样写道：

假如你爱一个人，你想他又怕见到他，想他是想听听他的声音，怕见他是因为你不能完全拥有他，就像荷叶上的露珠，只能用心灵感受，却不能触摸。

假如你爱一个人，走着走着，说着说着，你就会发呆，脑子里无意识，也许泪会落下来，或者独自傻笑，仿佛拥有世上少有的珍宝。

假如你爱一个人，你就无法控制自己的言行，你忍不住想接近他，骚扰他。

假如你爱一个人，你就想给他生个孩子，孩子最好像他，那样就可以重现他的童年和少年，重现认识他之前的一切。

假如你爱一个人，只要他高兴，你愿意为他牺牲一切。

假如你爱一个人，万事万物里都有他的身影，无论走到天涯海角，你都能感觉到他的存在。

假如你爱一个人，拥有他，你就拥有一切，失去他，你就失去一切。

假如你爱一个人，似乎一夜之间你就成了诗人、文学家，所有的情感作品都能引起你的共鸣，仿佛全世界作家写的都是你。

机遇总是偏爱有准备的人。如果想让神出鬼没的爱情之神降临时你恰好在场，唯一的办法是在爱的路上等待机遇。

一晃许多年过去了。青春已经短如兔子的尾巴。大家都已为人父、为人母了。爱情也在平凡生活的打磨中失去当初的色彩。这么多年我竟然没见过她，毕竟彼此间不过是普通的朋友而已，也没有主动打听过她的音信，连她的容颜都记不清楚了。可是，那些文字，却像水洗的一样，明亮、动人，令我至今难以忘却。难以忘却的，是那些文字给人带来的令人心悸的感觉吗？有时候，我在想，那些文字是她写的吗，还是她从别处摘录过来的？可是，这些重要吗？无论怎样，那些文字一定是她当时真实心境的投影。

那些文字让我觉得，爱情是多么的美好，爱了即是永恒。

侯拥华

2015 年秋

目 录

第一辑　驿动的心

图书馆恋情 / 3

莲 / 7

待一朵蔷薇再盛开 / 11

爱情货车 / 16

爱情邮差 / 20

一粒纽扣的爱情 / 25

送你花吧 / 32

驿动的心 / 37

少年与玫瑰 / 42

一头“猪”的动人爱情 / 46

第二辑　爱的三封信

玫瑰，玫瑰 / 53

爱情信使 / 57

被丢失的手帕 / 64

爱是艰难的 / 72

爱的三封信 / 76
爆米花 / 79
青春期的那颗朱砂痣 / 82
每一场盛大的爱恋都会风波不断 / 85
相遇少年时 / 97
为梦想而嫁 / 101

第三辑　井水之爱

隐瞒 / 107
你到底爱不爱我 / 110
完美爱人 / 116
梁实秋晚年的“柏拉图式”爱情 / 120
刻在掌心的名字 / 125
阿雅的春天 / 131
井水之爱 / 135
红丝带手链 / 138
毕业时分，爱恋，我只珍藏那份温暖 / 143
我不贩卖爱情 / 149

第四辑　洞房花烛夜

义齿 / 155
面具 / 158

约会 / 162
麻雀 / 165
洞房花烛夜 / 169
杰奎琳“智擒”肯尼迪 / 172
爱情一把盐 / 176
望江南 / 178

第五辑 第一百朵玫瑰

罂粟花 / 183
如果你快乐就按喇叭 / 186
把爱种在“心”上 / 190
第一百朵玫瑰 / 193
一对海鸥的生死爱情 / 196
桂花 / 199
价值 800 万英镑的“爱” / 203
爱情十年 / 207
萨马兰奇的爱情问候 / 209

第六辑 那些时光的快乐与忧伤

平凡生活中的浪漫 / 215
请相信爱情 / 217
爱是人生的一种奖励 / 219

那些时光的快乐与忧伤 / 221
家是两颗相互温暖的心 / 224
爱情是一条很浅很浅的小河 / 227

第一辑

驿动的心

旋律响起——依然是那首熟悉又有些陌生的歌——《驿动的心》。

歌声在寂静午夜的火车车厢里轻轻飘荡。他那张略显沧桑的脸，此刻，淌满泪水。

凭直觉，他知道她也在听那首歌。那一刻，一切仿佛真的又都回到了从前。

图书馆恋情

这座城市图书馆的二楼有一个宽敞明亮的大房间是期刊阅览室，书架上整齐地陈列着各式各样的期刊。临近窗户的位置，摆放着两排桌椅，以供借阅者坐下来阅读。每个周末的下午，他都会步入这个房间，选择几本文学期刊，然后坐在窗口的位置，静静地阅读。

那时候，时光静谧，岁月无痕，大朵大朵的阳光飘落在他前方的桌面上，他的心就暖洋洋的。在那样一种闲适的氛围中，他开始了阅读。直到天黑下来，图书馆要关门的时候，他才抬起头巡视四周，然后站起来，走过去，把书放回原位，再轻轻地走出图书馆。

许多个周末，他都是这样度过的。那个时候，他专注阅读的样子曾引起她的关注。可是，她并没有走过去向他问候，连一个招呼都没打。那时候，她青涩，纯洁，如一朵含苞待放的百合。但是，那青春的背影，她是熟识的，他阅读时微蹙眉头的样子，她是喜欢的。

有一次，他离开图书馆的时候正值夕阳西落的时刻，他的背部镀满金色的阳光，轻轻地穿越偌大的庭院，最后在门口消失了。他不知，那天他身后有一个女孩子的身影一路尾随着，他们彼此间保持一段不远不近的距离。最后，她看见他进入一个住宅小区，才停住脚步。

她是谁呢？她不过是来图书馆帮助料理事务的义工，也有一颗浪漫温润的心。那时她在附近一所大学读书，闲暇时刻，会找一些活干，还有就是去做义工。

她不知怎么就喜欢上了他。他不帅气，也不高大，并没有优雅迷人的风度，但是，他身上有无法抹去的淡淡忧伤，有平静安然的味道，那平和中传递出来的温度是暖暖的。其实他打动她的，不过是一个温和的身影，平淡忧郁的气息而已。可是这便够了，这便是他独特的地方。在她看来，那些潇洒、张狂、特立独行已经不再是稀有品了。

在图书馆相遇过若干次后，在一张当地的晚报上，一首小诗下面，她发现了一张他的生活照，那是一张忧郁迷惘的脸。只一眼，她就认出了他。于是，她顺理成章地知道了他的名字。

再后来，在图书馆相见的时候，她便有了唤他名字的冲动。为此她在心里曾经预演了多次，但是，每次都是紧张得涨红了脸，结果一个字都说不出来。于是，再见他，她决定不再言语，以沉默面对。她开始默默地关注他的作品，把他在报纸及杂志上发表过的诗歌与文章一点一点地搜集整理出来，然后在一个人的黑夜里挑灯夜读。那种阅读仿佛是在修炼读心术，通过文章的一字一句，去揣摩他内心的波澜。

后来，她也开始写文章，偶尔也有文章在当地晚报的副刊发表。尤其是当她看到和他在同一版面一同刊出作品时，她的内心总免不了要激动好几天。

一年以后，在晚报副刊组织的文友交流会上，两个人终于有了近距离的接触。那天，彼此谈了对对方诗文的一些看法，后来，她又谈起在图书馆里的相遇。他吃了一惊，说，是呀，我说看你怎么这么眼熟，原来在图书馆里经常遇见呀。再后来他们的交往就水到渠成顺理成章了。那些图书馆里的浅言低语、温言细语、柔情蜜语以及默默无语，曾把彼此的内心填满了甜蜜。

转过年，她要毕业了，也将结束在图书馆做义工的工作。于是，选择一个周末的黄昏，她约他出来坐坐。在附近一家咖啡馆里，两个人谈了很久。只是，说那么多的话，他始终没有表达出挽留的意思。他只是说，见不到你，以后连个贴心贴肺的朋友都没有了，真是太可惜了。她笑笑，无语，还能说些什么呢？那天，走出咖啡馆的时候，夜色已浓，天空中正飘着蒙蒙细雨，空气里充盈着甜丝丝的潮湿又黏稠的雨水的气息，可她却无比的忧伤，想哭又哭不出来。

几天后，她坐火车回故乡的时候，他还是照例到火车站送她。别时，他说，一路顺风。她含泪笑了，说，谢谢！他说，记得抽空写信给我。她说，好的，记住。

之后，他们再无见面。她并没有给他写信。在家乡的小城做了一名教师后不久，草草嫁了人。

十年后，她有一次到这个城市出差的机会。后来，她抽空又来到那家图书馆，又走进那间期刊阅览室。她坐在他曾坐过的位置，双手轻轻触摸投在桌面上的阳光，内心依然是暖暖的。

只是她不知，当初，他也是喜欢她的。遗憾的是，那时候，他刚刚结了婚，已经心有所属了。他只好辜负她那颗炽热的心。

黄昏时分，当她走出那家图书馆的时候，夕阳的余晖已经褪尽。再不走，最晚的火车都赶不上了。

忽然她感觉背后有一道灼热的目光几乎要把自己后背点燃。回眸间，她瞥见他匆匆转身的背影，一闪，消失在人群中。

一颗硕大的泪滴，从她眸里滑落。她知道一切都已结束，何必去纠缠不清。然后，她转回头，头也不回，快速走向远方。

莲

江南有莲。

不管是千顷湖泊，还是半亩水田，总有人种上莲。莲是水中的森林、花园和果园。有了莲，于是便有了接天莲叶，有了荷香四溢，有了甘甜的莲藕和甘美的莲子。

莲没有半亩水田，莲有千顷湖泊与一叶扁舟。那千顷湖泊是莲一人的世界，而那一叶扁舟，则是莲一人的家园。十年前，战争让莲失去了家园和亲人。为了躲避战争，莲误入此处，过着与世隔绝的生活。

莲喜欢披蓑戴笠，泛舟湖上，在蒙蒙细雨之中，唱《江南》。莲嗓音甜美，歌声清脆，一张口，一湖的水面便飘满了莲的歌声。

莲气沉丹田，轻启朱唇，唱：江南可采莲，莲叶何田田。

一片片墨绿色的荷叶，在微风中轻轻摇曳，姿态优美。一朵粉红色的荷花，微微晃动，从远处轻轻飘进莲的眸里，把莲的心一下子点燃。

莲停了歌声，来了兴致，撑起长篙，击打水花。小舟轻快如离弦飞箭，推开湖面，推开密密匝匝的荷叶，眨眼间便来到花的面前。

那是一朵刚刚盛开的荷花，粉色的花瓣，娇嫩嫩的，沾满了圆圆的亮晶晶的水珠，花瓣还未完全打开，如一位年轻女子倚门而立向外观望，见了生人，羞得只探出半张脸来。莲端详着，静静地看，一瓣一瓣慢慢看过去，仿佛是在仔仔细细端详水面上的自己。看着看着，笑意便浮现在脸上，跳跃在眸中，漫漶一湖。

此时，万千条雨线将天空斜织成一匹巨大的银色的锦。蒙蒙的水气，从水面袅袅升起。细小的雨点敲打在光滑如蜡的荷叶上，噼噼啪啪，破碎开来，又变成更多无数细碎的玉珠在荷叶上欢快舞蹈，然后纷纷跳入湖中。

哗啦一声，一条白鲢从荷叶底下钻出来，打了一朵白色的水花，摆一下尾巴，慢悠悠地游向远方。

莲被这突然冒出的声音惊了一下，打了个激灵。等回过神儿来，那白鲢已经游远了。莲收回目光，抬起头，茫然地望向远方。

愣了一会儿，她才又唱：鱼戏莲叶间。鱼戏莲叶东，鱼戏莲叶西，鱼戏莲叶南，鱼戏莲叶北……

清脆的歌声从小舟上又升起来，飘向远方。娴静的湖水在美妙的歌声中安然地睡去。美丽的水面上，莲再也没有见到一条嬉戏游动的鱼。宽阔的水面只有飞鸟清脆的鸣叫声，只有细雨落入水中的扑簌声，只有凉风丝丝的吹拂声。

莲脸上的微笑没了，唱着唱着，便缄了口。先前欢快的心情也荡然无存——莲芳华正茂，娇艳欲滴。千里湖面竟然没有她的意中人。

莲是一朵待人欣赏的荷花，错过了，便永远凋谢了。

莲想上岸。十年过去了，莲想，战争应该结束了。这孤独无依寂寞清冷的生活，莲不想过了。莲想家了，虽然莲没有家。莲想过俗世的生活，想过有爱情的甜蜜日子。可这里没有。即便湖水再清，荷花再美，莲藕再甜，湖鱼再鲜，也挽留不住她那颗决绝的心。

莲在一个细雨蒙蒙的清晨，泛舟离开。上了岸后，她又步行百里，坐上火车一路北上。在北方的一个小村庄，莲终于放下身子，嫁给了一个农夫。

农夫家有沃土十亩，莲随丈夫在田地里种上高粱，种上玉米，种上谷子，种上大豆，种上南瓜，种上红薯，却独独不种水稻，当然也种不上莲。

莲也吃藕，那是从南方运来的藕。吃着吃着，莲便也想挖一口池塘。

于是，莲请人把自家的良田挖成水塘，种上莲。莲还求丈夫做了一叶扁舟，在一个细雨霏霏的早晨，泛舟水上。

莲还唱《江南》。莲唱：江南可采莲，莲叶何田田。

这里却不是江南。这里没有江南宽阔的水面，没有接天莲叶、荷香四溢的场面，更没有微蓝如玉的湖水和肥美的白鲢。

唱着唱着，她便落泪了。

一池的莲藕终于在秋天收了上来。莲笑了，取一截，清水濯去污泥，咬上一口。笑，忽然就僵在脸上。

莲决定回江南。莲太想那千顷湖水了，夜夜梦里都是泛舟湖上，清歌《江南》的场景。

莲一次次准备好行囊，又一次次无奈地放下解开。多少次都没有成功。后来，莲再也不想回去了，她再也回不去了——起初，莲有了儿子，而后有了孙子。先前是丈夫拉着她的手苦苦哀求；而后，是儿子抱着她的大腿依依不舍，再后来是孙子搂着她的脖子咿咿呀呀的央求。

原来这并不是莲真正想要的生活。俗世的生活一度让莲厌倦，可是莲却无法逃脱。老了的莲，只有在梦中一次次重演从前的生活。醒来后，便是一声长长的叹息。

待一朵蔷薇再盛开

1

他和她纯属偶遇。那时，他从学校出来，夹着一叠厚厚的书，在一个繁华的路口匆匆穿越马路。或许是因为急着赶路的缘故，他只顾低头向前冲了。忽然有一辆汽车急驰而来，紧接着是刺耳的刹车声……

当他醒来时，发现四周全是雪白的墙壁，穿着白大褂的医生在他眼前穿梭往来。一个清纯的女孩儿，就坐在他的旁边。

“醒了！痛吗？”女孩儿小声地问。

“我……我在哪里？”

“不要起身，医生留话，要躺着休息。”

他刚要起身，就被她轻轻地按下了。

后来，他才得知，在他倒下的那一瞬间，是这个女孩儿拦下一辆的士将他送到医院的。多亏了女孩儿的及时送至，否则他就有生命危险。

2

出于感恩的缘故，在女孩儿离开时，他要了她的联系方式。按照她留给他的地址，一路找去，他找到了她。

原来，他和她的学校很近，他还知道她是一个出色的学生。

他知道，再多感谢的话语都无法表达他的心情。他决定以自己的方式来报答女孩子。他开始拼命地对女孩好，好到无微不至。女孩儿上晚自习，常常是独来独往。他有些担忧，就主动当起了护花使者。每天晚上，他会早早地在离她家不远的路口等着她，把她送到校门口，然后拐向自己的学校。而放学后，他会亲自将女孩儿送回家，在她家楼下用最温情的目光目送她上楼。女孩儿喜欢唱歌，他会抽空钻进街上的音像店，寻觅她最喜爱的CD，然后偷偷地放进她的书包里，看着她发现后露出一脸的惊喜，然后得意地笑。他还会买最流行的小饰物，以祝贺名目繁多的节日为幌子送她做节日礼物。

熟识是在彼此的交往中渐渐画出了一个最美的圆，彼此间的感情也如酒窖里慢慢酝酿、发酵的米酒，渐渐变得愈发的浓烈和香醇了。后来，独自一个人时，他会突然傻傻地想，等考上大学后，找个好工作，他就娶了她，给她想要的幸福生活。这样想时，他嘴角挂着得意欣慰的笑。其实，女孩儿也很欣赏他，喜欢他。他才华横溢，在本市的一所艺术学校学美术，有许多作品代表学校参加比赛并获奖。那天，他正是为了赶一场比赛才出事的。像他这样优秀的男孩儿，一直是她心中最美的画面。那一段时间，他们真的真心地爱着彼此，那令人心动的感觉充盈着彼此的内心。有时，只需对方一个眼神，一个手势，另一个人就会陷入甜蜜无比的幸福之中。

每次望着女孩儿恬静柔美的面庞，清澈如水的双眸，深情凝望的眼神，他常常会感到一阵莫名的恐慌与不安。

这些爱多少有些让他不甚明白。

3

他们就这样不失时机的联系和亲密地接触着。那些弄不明白的烦恼，他索性就不去管它了。

时光就这样匆匆而过，他们也渐渐地完成了各自的华丽转身。七年后，男孩儿长成了高大的帅小伙儿，大学毕业后，在一家享有盛名的文化公司就职；而女孩儿也出落成了亭亭玉立的美女，大学毕业的她，应聘到一家外企做文秘。

或许是相处时间过久的缘故，此时的爱情已经淡如止水了。他们发现，彼此间再也无法找到最初那份心动的感觉了，内心深处再也激不起一丝激情的涟漪了。每次的牵手、拥抱中，他们谁也无法从中感觉到对方一点儿动人的热情。烦恼再次困扰着男孩儿，那些爱究竟是恩情，还是爱情？女孩儿也常常为此黯然神伤，那个曾经让她怦然心动的男孩儿终究是变了，还是他们的爱情，在时间的长河里消融了，稀释了，直至了无痕迹了。

那些曾经令他们回味无穷的快乐时光，究竟还会不会回来？那条通往他们最初的爱的路，又在哪里呢？其实，两个人心里都清楚，如果找不回最初的感觉，这场爱情迟早要无欢无爱地散场，清清冷冷地结束。

那是一个明月皎洁的晚上，为了挽救这场命垂一线的爱情，她挽着他的手，带着几分期盼，参加了电视台一期情感访谈节目的直播。他们就那样茫然地坐在主持人的面前，尴尬地接受主持人的反复询问。随着谈话的一点点展开，往日最初的甜蜜，开始一点点地被牵引而出……听着她动情地描绘，他始终无动于衷，一脸的淡漠。而她渐渐激动起来，从前和现在的强烈对比，让她再也无法容忍下去。她终于爆发了，所有的抱怨和不满，在那一期节目中，倾泻而出，毫无保留。节目到了尾声，主持人让她对他说句心里话。流着泪水，她哭泣着质问他：我们的感情究竟怎么了？为什么我们找不到最初那份心动的感觉了？他只是摇头，一脸的茫然，无措，伤痛，语无边际地说着劝慰的话语。此时，直播间里，凄凉伤感的音乐随之响起，他拥着她，悄然动容。

做完这期访谈节目后，已是深夜。整个城市沉醉在迷人的夜色中，灯火辉煌。在回去的路上，他们都默不做声，所有的感伤在各自胸中涌动。还是那条他们熟识的路，还是他们经常往返的街……出租车在他们经历了无数次游逛的橱窗前穿梭而过，那些美好往事如同过眼云烟，从脑海中浮掠而过。

前面是一个十字路口，男孩儿忽然拍拍司机的肩头，告诉司机，到前面那个路口时停一下。她没有理会他，此时的她还一直沉浸在自己的忧伤痛苦中，他的那些话语，更让她心生绝望。她明白，他终于要从她身边离去了。

出租车在前面的路口处停下。那是一个繁华的十字路口，白天游人如织。而此时，在这深沉的夜里，却空旷无人，只有稀落的车辆，毫无顾忌地飞驰，穿梭而过。

出租车停下了。他没有和她说分别的话，推开车门，翩然离座，低头钻出车身，从容地向远处走去。

砰！一声发闷的撞击声即刻响起。

他倒在地上。鲜血沿着他的脸，流淌下来。一辆轿车从出租车旁飞速地冲出，停也没停地奔向远方。女孩儿推开车门，拼命地冲出去……

4

后面的故事，一如当年那样，她开始护送他赶往医院。在奔向医院的途中，他依旧清醒着，眼中闪烁着光芒，异常激动地拉着她的手，死死不放，而此时的她却是万分的紧张与心痛。她紧紧地抱住他，把脸深深埋在他的怀里，哭泣着，渐渐哽咽不能言语。他脸上忽然有笑微微浮现，并努力地把嘴凑近她的耳际，轻声吃力地对她呢喃：

“刚才的路口……就是我们……最初相遇的地方……其实……我是想……和你……重温一下往事。”

说完那些话后，他将眼睛轻轻地闭上。他脸上浮现出轻松的神情，嘴角流露出的轻盈的笑就那样淡定成一幅温情的画面。那是一朵淡雅的滴血的蔷薇，在等待与渴望中，终于再次甜蜜地绽放。

那一刻，两颗心紧紧相依，没有一丝缝隙。她懂得他的心——那是一条，他找回的，通往他们最初的，爱的回路……

爱情货车

她出山到县城读高中那年，是搭乘他的货车上的路。那时候，他开着一辆东风大卡车，虎虎生风，威风极了。一路星辰，一路欢歌。彼此间早已是熟识得不能再熟识的街坊。

她说，叔，我到县城上学，你捎我一程。

他嘿嘿一笑，哎了一声，算是同意。

其实，那时候他也就长她两岁，提前毕了业，开着家里的货车跑运输。辈分只是街坊辈，如果站在一起，或许，还有人以为是兄妹俩呢。

山里人，出趟远门难。何况她是每周都要在学校和家之间来一次往返。他家里的那辆卡车，在她眼里就是宝贝了。

可是，那次的确是他们第一次这么近距离的接触。挤在并不宽绰的驾驶室里，开始，两个人还是尴尬了一些时间，沉默一段时间过后，终于耐不住寂寞，才浅言浅语地聊了起来。

山里空寂，这黎明前的黑夜尤其孤寂得吓人。好在多一个人，是一个伴儿。聊着聊着，这一路的漆黑与恐惧就没了踪影。

从此以后，每个周末，他都会把货车停在她所在学校的门口等她放学。待到周一的早晨，他再和她一同上路赶往县城。这样的时光，倏忽一闪，便是三年。

很快，他到了该婚娶的年龄。她则考上一所大学。他是喜欢她的，她亦然，只是彼此间没有挑明。在一次结伴的途中，他曾试探着说出心里话。他侧目看她的反应，发现她的脸涨得通红，目光里全是羞涩。她没说好，也没说不好。那天，她只是哈哈一笑，说，知道了。

那算是搪塞吗？还是欲言还休的同意呢？他不明白。

再后来，彼此相见，他的内心竟然有了一丝莫名的惆怅。他想，他不过是一个东奔西跑的货车司机，而她，却是令人羡慕的天之骄子。彼此间的差距，不言而明。两个人会走到一起吗？于是，自卑像野草一样在他心里疯长，一直长出紫色的哀伤与忧愁。他想等她主动显露心迹，要不，他便放弃。仿佛，那次他说的只是玩笑话而已，如一缕青烟，一阵风吹过，即散了。

她上了大学后，他再也不用接她送她，彼此间便少了联系。分开后这一段长长的时光，让他更加认清他们之间的距离，也让他变得更加惆怅。

一年后，他的货车路过她大学所在的城市。他想去看看她，便刻意为她作了停留，临时跑到校园里找她。她从一堆红男绿女中挤出来，随他到外面走走，还陪他吃了一顿晚餐。那天，她还叫他叔，一出口就把他推向了远方。她说，叔，没事儿就别跑这么远了。不过，放假的时候如果路过，倒是可以捎我回去的。他先是心里一凉，接着一喜，便嘿嘿一笑，嗯了一声。其实，那天，他想跟她说件事儿。他想告诉她，他娘已经托人到她家提亲了，不知道她什么意见。可话到了嘴边，他还是咽了回去。他害怕从她口中说出那个“不”字。

末了，走的时候，他低着头，问了她一句，我娘给我找媳妇了，你怎么想？她听了，吓了一跳，一副吃惊的样子，脸红红的，说，好啊，你也老大不小了，也该给我找一个婶子了。

他说出那句话就后悔了。她说出那句话后也有些吃惊。

走时，她有些心不在焉，而他的心却凉凉的，有冷风在吹。他想，事情果然和他料想的差不多。

再后来，他娘托去的人回话说，人家大人没答应，说等孩子回来再说。他便想，那不过是大人的托词而已。于是，他便死了心。

大三那年的冬天，她放寒假回家，天冷得厉害，漫天都是雪花飞舞。他又一次路过她所在的城市，便载着她一同回家。那天，他其实已经决定，回家后应下邻村托人说的婚事。

那天，大货车在弯弯的山路上缓慢爬行。驾驶室外一片雪白。

意外的是，途中，货车突然熄火了。

很快，驾驶室里就冷起来了。其间，他下去修车，又爬上来，一副沮丧的样子。她看见他绝望的眼神，知道他们将在这里度过难挨的寒冷之夜。

为了保持体力，他们彼此不再交谈，闭上眼睛听窗外呼呼的风在吹。其间，他看她抖得厉害，把自己身上的棉大衣脱下来，给她披上。后半夜的时候，她裹着大衣从梦中醒来，推了推他，发现他冻得已经不省人事，哇的一声，她吓得哭了起来。

她想，他不能死的。这次回家之前，她娘已经在电话里跟她说清楚了，等她给他一个答复，之前她还犹豫不定，而她现在的答案是嫁给他。

她开始脱去棉衣，紧紧抱着他，试着用自己温热的身体去暖热他僵硬的生命。

天亮的时候，他终于醒过来。他发现自己被她紧紧拥抱着，一缕阳光正打在她的脸上。他望着她任凭幸福的眼泪在脸上肆意流淌……

那次遭遇，她读出了他的深情，他明白了她的心声。

经过生死磨难的人，谁还会将他们分开呢？后来，他和她结婚了。他还是开着那辆货车载着她天南海北地跑。

那辆货车记载了他们爱情的点点滴滴。

爱情邮差

1

和胡笳相识的时候，她正在延续一场轰轰烈烈的爱情。

那时，她大学刚毕业，回到家乡无所事事，爱情便成了她唯一的牵挂。而那个和她牵手两年的男友——陆宇辉，此时正在贵州的一个山区的小学里支教。

她常常会骂自己。这一切，本来不是这样子的。陆宇辉曾经和她约好毕业后到南方的大城市闯荡，然后在那里生根发芽结婚生子的。可如今，他们却要天涯相隔，渐行渐远了。这一切都源于她的提议——临毕业前，到贵州的山里去探访一下原始森林。于是，他们便有了在深山寄宿的际遇。

2

那天，在一个漆黑的夜晚，他们探寻了许久才找到一个可以留宿的地方——一所藏在深山里的学校。向学校里的老师讲明了情况后，他们决定就先住在学校里，第二天再作打算。

晚上，他们在墙壁斑驳的教室里，给不同年龄的几十个孩子讲山外的故事。孩子们伸着脖子聚精会神地听他们讲。看见男孩子连鼻涕都流了出来还浑然不觉的样子，她就想偷偷地笑。也只有在山风吹落了院子里树上的落叶，砸在地面上噼啪作响时，陆宇辉才会停下来，伸伸脖子向外面张望几下。这时，一旁坐着的老校长就会说，别看了，这里十天半个月都不会来一个人的。

此时，山林静寂，月光皎洁，唯有呼呼而过的风从窗外路过。

这里所有的教学任务，只有老校长一人担着，教学条件异常艰苦。这是他们来之前无法想象的事实。

那次旅行，没有想到会改变他们各自梦想的方向，可爱情还在，争吵却开始不断。他是个从山里出来的孩子，她应该理解他，可她终究不愿和他在深山里待一辈子。

3

毕业后，各自天涯，爱情也只有靠书信来维系。于是，那个胡笳才开始出现在她的视线里。

胡笳，一个极普通的邮差，当然是个帅气的大男孩儿，说话还有几分调侃。

“姐姐，那小子脑子灌水了吧？怎么跑进深山里？咳，这么漂亮的女朋友也不要，可惜了！”送信给她时，胡笳第一次就这样对她没大没小地说。

她冲他生出几分嗔怒。

“这么厚的信封，里面夹带着钱吧？能打开看看吗？”

她忽然气坏了，一把从他手里夺过信封，拂袖而去。

再后来，胡笳不敢再这样胡闹了。

交往多了，她才知道，他叫胡笳。胡笳曾骄傲地说，我是你的爱情信使，不对吗？她无语，微笑点头。

4

陆宇辉的信来得很准时，每个周末必到。那个骑着电瓶车，带着绿色大邮包的胡笳就会在每个周末的黄昏准时出现在她家楼下。

每次来信，胡笳都这样羡慕地说，姐姐，你好幸福呀！

她点头说谢，转身上楼，在推开卧室的窗户向外看时，她还能依稀看见胡笳摇晃着身子，慢慢离去的背影。依窗户而立，她开始读信，急不可耐的样子，读着读着，目光由温和渐渐转为哀伤，末了，眼角有时会有泪水润湿。

陆宇辉的信每周一封，很有规律，她会随带回一封，这样子大约持续半年。后来，有一次，周末，胡笳没有送信，但还是老远来看望她。她问，信呢？胡笳说，没有，然后就好奇地从她的双眼中探寻他们之间的故事，这时她才简单讲了讲。胡笳临走时说，这小子有病！见到他，看我怎么揍他！说话时，全然没有了往常的调侃，一脸正经的样子。她的脸就掠过一丝感动。

胡笳走后，她沉默许久，泪水夺眶而出。哀伤，也开始一寸一寸在心里生长。

此后，陆宇辉的信来得就没有了规律。常常一两个月来一封。再后来，就没有再来一封。

5

最终，提出分手的是她。半年后，她给他写了一封决绝信。陆宇辉的回信，只一个字：好。胡笳把信递到她手里的时候，目光里全是疼惜。

胡笳那天陪她流了很多泪水，和她到一家酒馆里喝得大醉。胡笳说，真没意思。爱情这东西真不是东西！

6

从酒馆里分手后，胡笳就从她面前失踪了。

等再次见到胡笳的时候，已经是两年后的事情了。她到商场里采购结婚用的家电，突然看见胡笳在一个品牌家电前卖力地推销。她走过去拍他的肩膀。他吃了一惊。

不做邮差了？她问。

不做了，不做好久了。他回答。

她有些不解。不过，她没有再问下去。转身走的时候，胡笳却叫住了她。

胡笳说，姐，我对不住你。

她转身诧异地看他。

胡笳说，姐姐，你找我这个爱情信使算是找错人了，我不是好邮差。

为什么？她不解。

我的名字就不行呀！你想，胡笳，就是糊涂还加上虚假。爱情怎么能成？

她笑了起来，眉眼飞扬。

在她转身离去的时候，她没有看见胡笳在用手使劲儿地捶自己的头。

其实，胡笳想对她说，姐，我对不住你，陆宇辉后来给你的信，我把它私藏起来了。

7

她永远不会知道，当胡笳发现信件来得少时，就请了假，按照她给陆宇辉的信封上写的地址，一路找去。在深山的那所小学，他看见异常消瘦的陆宇辉正斜靠在门框上上课，面容枯黄，声音低沉……

胡笳记得，那天陆宇辉拉着他的手不放。他对胡笳说，我知道你来此是什么意思，本来我想一直欺瞒下去的，现在看来没有那个必要了。兄弟，我得了癌症。请你照顾她，但不要让她知道我现在的情况。

这就是她永远也不会知道的真相。

那天，胡笳想说，却又咽了回去，然后看她渐行渐远，泪流满面。

一粒纽扣的爱情

1

夏琳然见到郑小楠的那天，天格外热。是夏天，周末。

从商场里出来正值中午，她一无所获，有些无聊，便登上十字路口的过街天桥，站在上面，四处眺望。渴的时候，她买了一桶冰激凌，走到半腰处，有一搭没一搭地往嘴里填。

“小姐，请注意些。怎么搞的！”

夏琳然听到有声音来自下面，就低头往下看，才发现天桥下紧邻人行道边，一个穿白色T恤的大男孩儿像一尊雕塑似的正昂头挺胸僵硬地立在那里，一张俊秀白皙的脸正仰视她。

夏琳然两颊粉红，一路小跑的往下赶，来到对方面前的时候已有几分喘了。

“先生，怎么回事儿？我在上面吃，怎么会掉到你的衣领上呢？”夏琳然一开口就把对方呛得有些发懵。

“怎么说话呢？你没看今天风特大吗？我这衣服还怎么穿，你说怎么办吧？”对方怔了一下，很气愤地回应。

夏琳然收起遮阳伞，四下张望了几下，笑了，是有风，像刚刮起来的，这时又没了。要不这个问题怎么解释呢？

“那——那——我帮你洗了吧？”夏琳然再次说话的时候

就收敛许多，言语也有些结巴了。

“算了，你帮我把剩下的广告单分发了吧！”男孩儿四处看了看，用手扯了扯后背被汗浸透的衣服有些无奈地说。

这时，夏琳然才发现这位高大英俊面容白皙的男孩子，怀里正抱着一大堆红色和黄色纸制小广告。

那个中午，直到十二点，夏琳然才把手里的小广告发完。坐在一旁休息的男孩子走过来，拍一拍她的肩膀说：“好妹妹，你家有孩子需要学习辅导吗？”

夏琳然忽然愣住，呆滞许久后，脸上抽动了几下，“扑哧”笑了——发了半天，她竟然不知道小广告上面写的什么。

那个场景，有些蹩脚，但后来常常被夏琳然想起。走时，她才知道，站在面前的这位大男孩儿叫郑小楠，在本城某个大学读书，大三。

2

夏琳然再次见郑小楠的时候，是一个周末。上次分手，郑小楠问夏琳然学什么专业，是否有工作，有没有兴趣到他那里做一名讲课老师。夏琳然没有回答他。她总不能说自己是大学里的一个逃兵吧？

思考了两周后，夏琳然终于决定会一会他，因为她觉得郑小楠这人还挺有趣儿的。

那天，夏琳然早早起床，然后手执一张写有地址的纸片，搭车到大学城四处寻找一家叫“大学生学习辅导中心”的培训学校和一个叫郑小楠的老板。在一家川菜馆子附近的出租屋楼上，一间教室一间教室找过去，靠最里面的一间教室里，她终于找到了挂着简陋牌子的“大学生辅导中心”。透过玻璃窗，她看见郑小楠此时正兴致勃勃口若悬河地给小孩子上数学课。

夏琳然至今仍然记得，那天，她穿白色的裙子，美丽得像个公主。她看郑小楠的样子有些痴痴的。当郑小楠发现她，然后迎出来时，她脸上的表情还僵在那里。

后来，郑小楠就把她请进去，好奇地把夏琳然打探半天，问，今天怎么打扮成这样子，像个天使似的。夏琳然就很自然地把脸仰了仰，有些撒娇地说，这样子不更像一个老师吗？

郑小楠安排夏琳然做两个年级的同步英语辅导，夏琳然很高兴地答应了。

3

夏琳然再次来上课的时候，把郑小楠拉到一边小声说：“怎么搞的？就这几个人？给我发工资，你吃什么？”

虽说是“辅导中心”，郑小楠的辅导班学生特少，三个班，每个班也就七八个学生，还分开轮流上课。

郑小楠笑了：“要是人多，我还会到闹市区发小广告吗？你可知道抓住了是要罚款的。”

那天走的时候，夏琳然答应帮郑小楠，关于工资的问题以后再谈。郑小楠就感恩戴德地非拉夏琳然到一家大排档吃饭。看着他小财迷的样子，夏琳然突然想笑，却笑不出来。

为了显示自己请客的诚意，郑小楠那天把自己灌醉了，然后拍着桌子大声说：“夏琳然，你记住。我郑小楠早晚要发财的。等我当了大老板，绝不亏待你。现在，就是收再少的学生，我也要请你吃饭。以后，我们就是哥们了！”夏琳然听得牙根有些痒痒，不过郑小楠的话挺感动人，忽悠得她后来差点掉眼泪。她只好说是，然后把头点得如小鸡啄米。

果真，回去后，夏琳然动用了所有的智慧和所有的关系，帮郑小楠的“大学生辅导中心”做宣传，拉生源。她请了自己的小学老师在学校里发传单，还发动一帮死党，到各个小区里张贴小广告。弄得大家都以为她是幕后老板。

让夏琳然没想到的是，这些措施很奏效。再次见到郑小楠的时候，她看见郑小楠脸笑得像朵花。而她的嘴巴却起了泡。

4

一个周末的下午放学，郑小楠有些抑制不住的兴奋，招呼辅导中心所有的老师出去吃饭。

那顿饭，一直吃到晚上七点多才散。郑小楠在饭桌上对夏琳然说了无数的感谢话。

走时，郑小楠执意要送，夏琳然推脱说不要，郑小楠就一脸不高兴。夏琳然甜蜜蜜地说行的时候，郑小楠才露出笑脸。

一路上郑小楠说说笑笑，送夏琳然回家，到家门口转身要走的时候，他不知道忽然想起什么，竟然莫名其妙地哭了。

夏琳然不太明白那次郑小楠为什么会哭，后来问过他，可郑小楠一笑了之闭口不答。交往久了，后来夏琳然才知道，郑小楠一直有一个当大老板的梦想。她的帮助，或许是让他距离梦想更近了些吧！

郑小楠后来一直说要好好感谢夏琳然。这让夏琳然感觉很不爽。郑小楠说，一直不知道怎么感谢你，那请你吃饭吧！夏琳然就笑，说，我可不想再去海吃海喝了，吃肥了，本小姐嫁不出去怎么办？难道你管收留？郑小楠就笑，说，好呀！没人要，我收了。

夏琳然知道自己已经沉浸进郑小楠的“事业”里了，而郑小楠有女朋友的传闻，夏琳然是后来才听到的，只是她很自信。

记得一次，夏琳然带郑小楠到她爸爸的物流公司去玩。她爸爸亲自对郑小楠说：“如果你愿意过来工作，我双手欢迎。关于工资的问题，你来定。”这时，她就看见郑小楠的眼神里闪烁着激动兴奋的亮光。

经过一个夏天、秋天和冬天的漫长洗礼，夏琳然觉得郑小楠的事业像他们的感情一样，达到了一个前所未有的高度。

5

转年四月，夏琳然决定大干一场。郑小楠却突然莫名其妙地决定关掉那家辅导中心。他打电话过来告诉她，夏琳然就一脸疑惑和不解。

夏琳然赶过去看他，宿舍门开着，她看见郑小楠正坐在床沿上伏案撰写自己的简历，一笔一画，格外认真；一边写还一边一本正经地和宿舍的弟兄商量着去广州的事。

郑小楠丝毫没有觉察到夏琳然的出现。抬头突然看到泪流满面的夏琳然时，郑小楠就有几分震惊。他站起来，搓着手说：“如果你不愿意，那个店就交给你吧！反正你来之后，就没有拿工资。这就算是给你的报酬吧！”

郑小楠的话刚说完，夏琳然就哭着用拳头砸他的胸，歇斯底里地吼：“你以为我帮你就是在乎你的钱吗？你忘了，你答应过我，没人收留我的时候，你会收留我的！”

那天，夏琳然是哭闹够了才离去的。分别的时候，郑小楠对夏琳然解释说：“我的梦想是自己闯下一片天地，所以我不能留下。”

夏琳然就转身反驳：“那只是你的借口吧！”

6

夏琳然终于决定不再去看郑小楠时，郑小楠却忽然打电话过来说，想在毕业前约夏琳然见最后一次面。

约会那天是四月末，傍晚，太阳西下，风吹得很凶，有丝丝凉意。郑小楠从学校出来，裹着一件黑色风衣，而夏琳然穿一件崭新的红色风衣正站在大学城的一个路口等他。

他们并肩一路沿着街道前行。沉默的气氛有些压抑。走累的时候，他们在一个公交站牌前站定。夏琳然站在郑小楠前面回望远方，看远处大学校园门口的学生，忽然就生出几分别离的伤感，而郑小楠则迎着风站立，朝向她，很近。

又是许久沉默后，夏琳然决定等返程的车来了后，坐上回家。

这时，夏琳然看见郑小楠的风衣被风吹得向后抖动，而胸口处被风吹开一个小口——那是衣领下第二颗纽扣的位置。

不记得他们分手的时候，各自是什么表情。夏琳然坐上公交车，一脸忧伤地往回赶。她没有回头看，她怕郑小楠看见自己泪流满面的样子。

到家的时候，天已漆黑。她向母亲要了针线，又飞奔出去。

她打车到大学城的时候，天已很晚。宿舍楼上早已亮满了灯。她没有上去，在宿舍楼下，大声唤郑小楠的名字，引来整个宿舍楼的人探出头来看。

在宿舍楼门口，她把郑小楠的风衣脱下，然后借着楼道灰暗的灯光笨拙地缝一颗纽扣。

回去的路上，夏琳然一直在想一个问题：种一粒爱情的种子，来年春天的时候，究竟会不会发芽。

夜的冷风在她下车的一瞬间，突然扯开了她胸前的风衣，她低头看见自己红色风衣的第二颗纽扣处的位置空荡荡的，被风鼓起一个大口子。风灌进来的时候，她感觉胸膛冰凉冰凉。

那颗纽扣是心脏的位置，她不知道，此刻，郑小楠能不能感受到那颗红色纽扣带来的温暖。

夏琳然到自家楼下转身上楼的一刹那，习惯性地回头望了一下。这时，她忽然又想起郑小楠送她回家的那个夜晚，莫名哭泣的场景来。

她想，郑小楠是不是也种植过一粒叫爱情纽扣的种子，是不是也像她那样，在极力期盼着那粒种子能在春天的时候发芽？

送你花吧

男人和女人住在一个偏僻的小镇，男人老实巴交的，女人美丽温柔又贤惠。曾有那么一段时间，他们恩爱有加，甜蜜无限。可是，随着时间的变迁，他们的生活平淡得就像一碗白开水。女人渐渐开始厌烦起男人来，她希望过那种浪漫又更富激情的生活，可她明白，眼前这个男人，不能给予她。他们依旧那样中规中矩地生活，只是，在男人毫无觉察中，女人心中的积怨与日俱增了。

那年的春天，男人一大早从厂里回来，脸色格外难看。男人对女人说，我下岗了。女人听了，脸上露出少有的鄙夷神色。之后，女人常常在暗地里感叹自己命运不济，怎么就嫁了这样一个窝囊废？女人对男人的态度更加冷淡了。

后来，他们就常常因为一些鸡毛蒜皮的小事，吵闹得不可开交。男人知道女人心中的不满，但更明白，这样的争吵迟早会毁了他们的婚姻。

经过许多日子的思考，春节过后，男人终于决定离开女人一段时间——或许，分开后，他们才会重新找到往日的甜蜜，或许，这是他们婚姻的唯一出路。男人对女人说，我出去打工吧。女人没有说好，也没有说不好。就这样，男人拖着行李箱上路了。走时，女人出去送男人。女人说，出去好好干，干好了回来。男人哼了一声，扭头投入人群中。男人走时没有回头再望女人一眼，女人更加失落了。

两个人分开后，男人在很远很远的城市做苦工，女人则留在家里照看家。他们过了一段相安无事的生活。一段清净的生活过后，女人就莫名其妙地开始想男人了，望着空旷无人的屋子，男人的好便一幕一幕地闪现，甚至原来男人身上令她厌烦的烟草味忽然也让她回味许久。可她怎么能主动给男人打电话呢？而男人在远方的城市里，奔波一整天后回到租住的小屋，望着冰冷的灶台，他立刻就想起了女人为他做的蛋炒饭来，想起女人为他烧得热乎乎的洗脚水来。可一想到女人冷漠的面孔，他伸向口袋摸手机的手就又缩了回来。

男人还是决定给女人打个电话，报个平安。可找个什么理由呢？想了许久，他终于有了办法。他想到了女人的生日——阴历二月二十八，很快就要到了。男人开始给女人打电话。等了很长时间，女人才接。男人说，你在家还好吗？女人说，好。男人顿了一下，换用一种高兴的腔调对女人说，你的生日快要到了，你想让我送你什么礼物？男人的话一出口，女人就露出惊讶的表情——往年，女人的生日常常被粗心的男人忘记。随后，女人隐去内心的欢喜，冷冷地说，你随便。男人吃了闭门羹，电话那头的声音戛然而止。男人结结巴巴地说，那，那就送你花吧！或许是城市里那些送花的情景触动了他的灵感，那一刻，他不知怎么就一下子想到了鲜花。之后，他们就悄无声息地结束了通话。

男人有些失落，而女人却惊喜异常。送花？男人从来没有送过她花，连恋爱的时候也没有。女人开始猜想，那，那一定是一束玫瑰花吧，应该是那种火红火红的红玫瑰，这象征着爱情的热烈和浪漫，或许会是洁白的百合？因为他更希望他们白头偕老。也可能，就是一捧路边采摘来的野花，男人觉得这样的礼物更实惠些……无论怎么样，男人最大的变化是懂得了鲜花的作用，想着想着，女人嘴角露出了难得的笑，心中的怒气一下子消失得无影无踪。

之后，女人开始掰着手指头算起日子来。随着生日的慢慢临近，女人愈加思念起男人来。而男人却开始举棋不定，他不知道自己该不该回去见女人，和她一块过生日。他更加不敢确定已进中年的女人，会不会喜欢那属于浪漫少女才爱恋着的鲜花。

在女人的精心计算中，女人的生日终于来到。那天，女人一大早就起床了，穿上她结婚时才穿过的那身鲜艳的红套裙，然后精心打扮一番。她想给他最意外的惊喜。她要等他手捧一捧鲜花，亲手送到她的手里，然后甜蜜地说一声，生日快乐！——他们之间的恩怨就从此一笔勾销。

一整天，她都端坐在屋里，焦急而又耐心地等待着。从中午一直等到下午。中间，她看见窗外有一个漂亮的送花少年，骑着车从远方飞快地向他们家驶来。她欣喜万分，她明白，男人是无法回来了，那一定是男人预定并委托送来的鲜花。当骑车的少年手捧艳丽的鲜花，从他们家窗下飞驰而过驶向远方的时候，她的心倏然一沉，脸色也徒然从先前的欢喜和紧张蜕变成了失望与懈怠。

天黑的时候，她还没有等到她期盼中的鲜花。她失望极了。她怒了。她开始拨打男人的电话。起初是拨不通，拨通了，一时气愤的她竟然忘记了说些什么才好。一时语塞，正在她黑着脸发呆的时候，电话那边传了男人的声音。男人说，等急了吧，我马上到。先祝你生日快乐！……对了，还有，祝你愚人节快乐！

她挂了电话，脸色瞬间由黑变紫，她甚至感觉到自己的头顶正冒着青烟。鬼才相信你马上就到。“啪”，她一下子把桌上的电话推到地上，然后蹲在地上放声哭泣起来。虽然，她和男人从来没有过过什么所谓的“愚人节”，但她懂得什么叫做“愚弄人”。她心里填满了被人愚弄的羞愤，心想，这个看似老实的男人变了，一定在外面有了别的女人，他一定不想再和她过日子了，索性就最后羞辱她一番。

她越想越气愤，越想越伤心，泪水止不住往下流。也不知道她究竟哭了多久，竟然斜靠沙发伤心地睡着了。她睡梦中梦见自己的丈夫被别人挽着手臂，然后从容地从她面前走过。梦中，她梦见自己冰冷着脸转身离去，和这个男人决绝。

又不知道过了多久，她感觉有人用手推她的肩膀，还轻声唤她的名字。

她慢慢地嗅到了一股浓烈的花香，然后，火红火红的火焰就跳在她的眼前。男人说，送你的花，生日快乐！她一下子僵在那里。男人见她发呆，赶忙解释，本来下午就要到家了，可火车晚点了，真是抱歉！她信了男人的话，因为她真真切切地看见了男人手里捧着艳丽的红玫瑰。

夜深的时候，她依偎在男人怀里。她撒娇着，不解又好奇地问，那，愚人节是那么回事？

男人愣了一下，什么愚人节？

就是你在电话里对我说的那个愚人节。男人恍然大悟。

真不好意思，我也是上了火车，和别人闲聊，才知道今天是什么“愚人节”，所以就在电话里一并祝你生日和愚人节快乐。男人一本正经地解释。

女人一拳砸在男人背上，忽然一把搂住男人的脖子，“扑哧”一笑说，傻帽儿！你真坏！

或许女人永远也不会知道，此刻，女人看不到的后背，有一滴眼泪悄然滴落，淹没在她那浓密的青丝中。

驿动的心

1

许多年前的故事了。每每想起，他都会怦然心动。

彼时，他在远方一个城市上大学，大二，青涩懵懂，情窦初开。和他大小差不多的同班同学，许多早已开始了或光明正大或偷偷摸摸地恋爱，而他，却是孤身一人。孤单的他喜欢听歌，也偷偷暗恋某个女生。只是他不敢向人诉说，也不敢向女孩子表白——他喜欢的是他的老师，一个只比他大一岁，和他一样青涩的女孩子。女孩子刚刚毕业留校任教，临时做他们班的辅导老师，清纯靓丽，温文尔雅。

暗自喜欢她很久了。暗恋的火苗把他的心炙烤得火热火热。可他怎么也无法开口，那样太难为情了。他常常在她走过的路边默默停留，轻嗅她留下的特有的芳香气息。也喜欢在她离去的背后，痴痴又怅然地张望。可一脸青春痘的他看上去是那么丑，他自惭形秽得无地自容。那时的他太苦恼，太忧郁了。

怎么办呢？真急死人了。

2

校园里姜育恒的歌那时正火得一塌糊涂。忧郁沧桑的男中音，一下子就击中了他的心。他开始疯狂地喜欢上听歌。尤其是那首《驿动的心》。每每听完，他都会黯然神伤，浸湿眼眶。

“曾经以为我的家，是一张张的票根，撕开后展开旅程，投入另外一个陌生……哦，路过的人，我早已忘记，经过的事已随风而去……”

歌声总是从他那台略显破旧的收录机里飘出，回荡在孤寂的只有他一人的寝室里。听歌的时候，他总喜欢把收录机紧紧抱在怀中，以为这样就可以把忧伤揉碎在心中。

那时孤独忧郁的他，整天沉浸在姜育恒的歌声里。后来，连那台破旧的收录机也坏了，老卡带。他有些无奈，不知从哪里鼓起的勇气——他要向他暗恋的那位女老师借一台收录机。

听说，她的收录机是新的。而且，她也喜欢听歌。

3

在一个暮春的午后，他走向那座向往已久的教师宿舍楼。空空旷旷的楼道里，回荡着他的脚步声。楼道里唯有他一个人。他站在她门前，有几分不安与紧张，惨白的脸显得更加惨白，孤单的身影愈加孤单。直站得双腿有些发麻的时候，他才开始轻叩房门。敲门的时候，他额头的汗不知怎么就滋地一下冒了出来，而手掌间全是湿漉漉的。

开门的一瞬间，他还是吃了一惊。美丽的女老师亭亭玉立地站在他面前，冲他微笑。而此时，干净清幽的房间里，正轻轻地飘荡着动人的歌声——刚好，是他最心仪的那首歌——《驿动的心》。

他不好意思起来，向她说明来意。她浅浅一笑，说，真巧！我也喜欢！——那就进来，一块儿听吧！

他整个人忽然间就有种要哭的冲动。

……

那个午后的歌声是那么美妙，以致多年以后，他都无法忘怀。记得，小屋里的布置简单而温馨，窗户上的窗帘是大朵大朵的雏菊，阳光透过，屋子里感觉柔柔的。他们就那样围坐在放着收录机的桌子旁边，默默听歌。彼此间都有些许的尴尬，把头低埋在各自怀里。那一刻，他们仿佛已不再是师生，而成了平等友好的朋友。其间，他曾偷偷抬起头望过去，看见她如瀑布般垂下的直发和那张微微涨红着的羞涩的脸颊，煞是好看。

4

后来，他常常去找她听歌。而她也从没拒绝过。那首《驿动的心》，两个人不知听了多少遍。只知道，在一次次的碰撞中，两颗年轻的心愈靠愈近了。

他们和其他校园恋人那样，在那样一段最美好的青春时光中，也曾牵手走过校园的角角落落，谈最纯洁的爱情，许下天荒地老永不变心的诺言。然而，当毕业的日子悄悄临近时，他们才恍然发觉，现实太残酷了，两个人留在一起是多么的不易。

结果，他们无奈地分手了。她继续留下来做老师，而他，离开母校，返回千里之外的家乡。之后，彼此成家立业，结婚生子，过平凡人的生活，再无往来。可心中，谁又能轻易抹去那段铭刻于心的往事呢？

5

十几年后，有同学招呼他回母校聚会，说定好了日子，大家都来。她也来，电话里要好的同学这样对他说。他矛盾了好一阵子，终于还是决定赴约。而他赴约的全部心思，不过是想看一眼她。只一眼就够了。

聚会的前一天，他向公司请了假，准备好了出发的行囊。行囊里放着一盘略显陈旧的老式录音带，里面有她和他最爱听的那首歌《驿动的心》——他想送她作为永久珍藏的礼物。

但路上还是出了点意外。十几个小时的火车，他坐得昏昏欲睡。途中，突然遭遇山洪，火车被迫停在一个前不着村后不着店的荒野。他欲哭无泪。

十几个小时的焦急等待过后，道路依然无法通行。那时，聚会早已开始。晚上，大家都聚在一个 KTV 中唱歌，唯独少了他。他当然分身无术了。他把电话拨过去表达自己的无奈。他佯装高兴地说，没事儿，你们玩，你们玩，别太晚了。

时间一分一分过去，晚上的聚会将要散去的时候，他还在火车上焦急地等待着。太晚了，他开始在心里偷偷做乘汽车返回的打算，可他的心却怎么也安定不下来。

午夜时，有同学打电话告诉他，说大家已经散场了，或许她已经开车走在回家的路上了，要不要和她通个电话。他一时愣住。朋友很快把她的手机号用短信发来。他看了，苦笑，无语。

6

思忖片刻后，他还是拨通了她的电话。

彼此无语。长长的沉默过后，他轻轻打开带来的收录机，将扬声器对准手机话筒。

“曾经以为我的家，是一张张的票根，撕开后展开旅程，投入另外一个陌生，这样飘荡多少天，这样孤独多少年，终点又回到起点……”

旋律响起——依然是那首熟悉又有些陌生的歌——《驿动的心》。

歌声在寂静的午夜的火车车厢里轻轻飘荡。他那张略显沧桑的脸，此刻，淌满泪水。

凭直觉，他知道她也在听那首歌。那一刻，一切仿佛真的又都回到了从前。

少年与玫瑰

16岁那年，少年遭遇了人生第一次失恋。

他郁郁寡欢，学业一落千丈，整日生活在浑浑噩噩之中。他每每想起和恋人牵手走过的日子，就会无端落泪。他内心开始充满忧伤、绝望。痛苦的思念与无助的挣扎将他的眉头紧紧锁住。

这样的日子曾经让少年想到过“死”。少年找不到生命通往幸福的出口，他决定用文字来稀释心中的痛苦。少年开始默默地写字，他将那些满是爱恨情愁、绝望与忧伤、无助与彷徨的文字，写满了一张又一张白色的信笺。

终于，在一个细雨霏霏的早晨，少年将那些写满文字的白色信笺，插进一个泛黄的白色大信封中，随手胡编了一个远方的地址，又“造”了一个叫“雅娟”的收信人后，就草草将它缄口了。那天，少年是撑一把淡蓝色的雨伞步行到邮局的，将信封投递到丁香树下绿色的邮筒里的时候，他突然想笑。他想，过不了多久，信一定会以“收信人地址不符，请重新投递”或“查无此人”的方式重新返回到他手中，那时他会把它撕掉；也可能信在送达的路途中就丢失了，从此永远绝迹——这当然最好。

这是一个极端无聊的游戏。少年只是想以这样荒诞的方式和往事决绝。

信发出去后，很快，他就将它忘记了。

大约两周后的一个傍晚，在家里，少年沉醉在网络游戏的世界中，正杀得天昏地暗时，忽然听到外面有人唤他的名字。他漫不经心地出去看，门外不远处，一抹亮丽的绿色映入眼帘——一个穿工装的女邮递员，静静地站着，正冲他微笑。

是一个邮寄给他的，来自远方的特快专递。他很意外。

签收后，他满怀好奇地轻轻拆开邮包。里面是一个精致的、瘦长的礼品盒。取出来，再打开，一朵用透明塑料纸精心包装的，叶子油绿发亮，而花朵娇艳欲滴含苞待放的红玫瑰，静静地躺在其中。

少年惊诧了，嘴巴张得像只鳄鱼。当他重新审视贴在邮件外面的表格后，突然感动得泪流满面。在地址一栏里，他看到了“××× 省 ××× 市幸福街 152 号”的字样，而地址的下方，是两个娟秀的小字——雅娟。

少年被感动得难以自制。他从没想过，那封无聊的信真的会被人收到，更不曾想过，会真的有个叫雅娟的女孩子这样认真地回复，而且以一枝玫瑰的方式。

少年感到爱情的春天似乎一下重新来临，他捧着玫瑰的手忽然有些颤抖。

少年开始心旌飘荡，他用盛水的蓝色花瓶将玫瑰插起来，将它摆放在自己卧室临窗的桌案上。屋子里一下子色彩斑斓，芳香弥漫。

少年决定立刻给这个叫雅娟的女孩儿回信，以表谢意。他换了浅红色的信笺，字里行间，写满了幸福与快乐。那一刻，他在想，对方一定是一个秀丽端庄，多情浪漫，善解人意的少女。

第二封信寄出去了，一天，两天，三天……在经历了漫长的等待后，在花瓶中的玫瑰已经完全落败的时候，少年终于收到了那个叫雅娟的女孩子的回复——第二枝玫瑰。那枝玫瑰让少年的心湖漾起层层涟漪。他用新鲜的玫瑰换掉落败的。当屋子里重新弥散着芬芳时，少年的心，醉了。

少年决定再次给女孩子写信的时候，他发现自己已经深深爱上她了。少年开始忐忑不安，魂不守舍。此后他不断写信向她诉说心中的快乐与忧伤。文字间，满是难以克制的思念。可奇怪的是，他始终收到的只有玫瑰，连只言片语的问候都没有。

盛夏的时候，少年决定乘火车到远方去看望那个叫雅娟的女孩子。他没和她打招呼，还瞒了父母，带着简单的行囊就出发了。

经历一整天的长途奔波，在夕阳西沉暮色四起鸟雀归巢的时候，他手捧一枝玫瑰，终于站在了那个令他魂牵梦萦的叫幸福街的巷子里。

街道四壁，到处写着大大的鲜红的“拆”字。

幸福街 152 号，朱红色的铁大门落了锁。四周，静寂得怕人。

少年落荒而逃，连夜坐上返程的火车。

或许，信，从来就不曾到达过“幸福街 152 号”；或许这里从来就没有一个叫“雅娟”的女孩子；亦或许，那个落款“雅娟”的女孩子，就是一个自卑到无法见人的丑八怪或糟老头子……一路上，少年的泪水从没有停歇。

当少年重新站在母亲面前的时候，母亲依旧一脸微笑。母亲没有责备他。母亲说，孩子，你回来了，快洗把脸，回屋休息一下，等一会儿妈为你盛饭。

少年的眼眶里噙满泪水。

卧室里，少年看见了桌案上落败一地的玫瑰。他只是习惯地将它倒掉，然后将自己新买的、那枝无法送出的玫瑰，重新插在换了水的花瓶里，然后冲它微笑。那一刻，少年明白：这世间，从来就不是只有一朵玫瑰——一朵败了，还会有下一朵盛开，总有一朵会属于自己。而最为重要的是，自己心中，一定要有一朵永不落败的花！

夜晚，睡梦中的少年，脸上浮起了甜甜的微笑。

或许，少年永远都不会知道，那天晚上，母亲终于安心地睡下。她的梦里，火红火红的玫瑰还在芬芳地绽放！

一头“猪”的动人爱情

2010年7月的一天，在上海街头卖鸭脖的普通男人周彦峰，踌躇满志地参加了火爆全国的大型娱乐节目《中国达人秀》的选拔赛，他梦想获得一笔不菲的奖金，以圆自己心中一个埋藏了很久的梦想。

那天，他穿着一身可爱的卡通猪服装蹦蹦跳跳地上场了，说要给大家表演他最拿手的模仿秀——杀猪。当他站在舞台中央报出节目时，大家愣了一下——杀猪，一个人怎么杀？他憨然一笑解释说，我表演的是自杀——一个人表演屠夫和被宰杀的猪，两个角色。这时，大家才一片释然。

他的节目引起了大家的兴致。很快他也投入到自己的表演中：站在舞台上，他时而学屠夫把刀架在猪脖子上使劲捅来捅去，时而学猪时长时短时高时低的痛苦嚎叫，时而又在地面上滚来滚去表现出一副痛苦不堪的样子……宰猪的场景被他表演得惟妙惟肖，格外生动。

但他的表演实在太滑稽了，现场观众报以毫不客气的哄笑，而三位评委也很快按下了停止键。周立波评委给出的评语是，节目“看上去像个刑事案件”——质疑他不是在表演节目。而高晓松评委则更不客气地指出，这个节目“没有美感”。

表演的效果大出他所料。一时，他站在舞台上有些尴尬和失望，不知所措。他踌躇着决定离开舞台。在离开之前，他忽然以乞求的口吻向评委提出了一个请求——希望大家能听他再说两句话。

三位评委看他焦急的样子，点头应允了。

舞台中央的他忽然开始激动起来。原来几年前，这个来自河南只有小学学历的农民工，和一个地地道道的北京姑娘许娜恋爱了，之后，他凭着自己的执着、真诚、善良、踏实，冲破家庭世俗的偏见和种种障碍，和自己爱慕的姑娘喜结良缘。为了给爱人一个美好的婚姻和未来，他起早摸黑，拼命打工，当过送水工、装卸工，摆过粥摊、卖过蒸面和煎饼……风里来，雨里去，什么都肯干。后来他带着她离开北京来到上海闯荡。在闸北区中兴路一片简陋破旧的棚户区，周彦峰、许娜以及3岁大的女儿、白发苍苍的老母，一家四口租住在仅有10平方米的小屋里，靠卖鸭脖子为生。房子极为狭小简陋，堆满了卤制的鸭脖、鸭头、鸭肝、鸭腿、鸭肠、鸭爪、鸭翅和串在竹签上的藕片、面筋片、豆腐干。下大雨时，屋内的积水会漫到床边，浮起鞋子来。

他们很辛苦，每天只睡四五个小时，一早起来买鸭、买菜，晚上夫妻两个人出去卖鸭脖子，要卖到凌晨两三点钟才能回家。否则，要付房租要开销，钱就不够。虽然生活很艰辛，但他们的生活充满了快乐。

妻子许娜很喜欢唱歌，小屋的墙不隔音，会影响四周邻居，她只能等到夜深人静、卖完鸭脖子后，悄悄来到一个桥下，躲在桥洞里唱她最爱的那首《执着》。半夜里，那里没有行人，也没有观众，只有她的歌声在回荡。那个桥洞十分宽敞，还有回音效果，在她看来，简直就是一个美妙的天然舞台。沉重的生活压力，在这个舞台上通过嘹亮歌声得以宣泄。有一天，外面北风呼啸，周彦峰偶然发现妻子一个人躲在桥洞里唱歌，心里一阵酸痛。那一刻，他萌生了在家里给妻子装修一个小小卡拉OK厅的梦想。他不仅想满足妻子的这一爱好，也想让更多人听听她的美妙歌声。

舞台上，周彦峰有些动情地说："这次比赛，我是为我老婆而来的，因为我爱我老婆，装猪也可以，装任何东西都可以。她特别喜欢唱歌，但我提供不了条件。所以我今天来参加这个比赛，就想取得好的成绩，回去给她开个小的卡拉OK厅，让她在里面唱个够。今天，我没能顺利晋级。我请求三位评委老师，能够给我老婆一次机会，让她站在上海音乐厅的舞台上，喊两嗓子，哪怕喊一声也行！"

周彦峰的真情讲述和感人梦想，一下子打动了在场所有人的心，许多人禁不住泪水盈眶。观众开始纷纷要求评委满足他的愿望。在全场观众的掌声中，许娜徐徐走上舞台，动情地唱起了田震那首《干杯，朋友》。

此时，周彦峰站在一旁感动不已，欢喜不已——妻子许娜终于站在一个大舞台上，把她喜欢唱的歌唱给所有人听。不同的是，这次，她面对的不再是深夜空无一人的桥洞，而是金碧辉煌、座无虚席的上海音乐厅……

一曲唱毕，全场震动。谁也没有想到，这个上台装"猪"的男人的老婆有着如此好听、动情的歌喉。那天，许娜一首《干杯，朋友》征服了所有观众与评委，被"破例晋级"。

虽然后来周彦峰的"爱的梦想"在之后的比赛中夭折了，

但这段感人视频却在网上引起了网友们的疯狂转载。他们的爱情故事感动了许多人，不少专业演员甚至明星，也被这段真实的情感秀打动，纷纷加入转发行列。网友们更是将周彦峰称为“一头感动全中国的猪”。

网络上有网友这样留言：“男人，当你无法给予你的爱人充裕的物质生活，那么请做一头‘猪’，给她‘猪’一样的爱！女人，当你感到你身边这头‘猪’是如此爱你，那么请你为他歌唱！”

第二辑

爱的三封信

春天的一个午后，她坐在窗前给他写信，右手执一支黑色的钢笔，而信纸，是淡紫色的，一如她脸上淡淡的忧伤。窗外，此时，明媚的阳光正在远处楼房的墙壁上轻快地跳跃，恍若她多年前那颗少女悸动的心。

玫瑰，玫瑰

玫瑰是一个小镇。玫瑰是一位姑娘。

小镇四季如春，繁花似锦。玫瑰含苞待放，娇艳欲滴。小镇有一处庄园，花团锦簇美不胜收。可偌大的庄园里却只种植一种花——玫瑰。美丽的玫瑰花布满庄园每个角落，白的、红的、黄的、黑的、紫的，或含苞待放，或怒放如菊，姹紫嫣红花了人的眼。一阵清风拂过庄园，小镇便沉醉在四处弥漫的淡淡花香之中。其实玫瑰出生之前，小镇还没有玫瑰，玫瑰出生那年小镇才开始种植，从此，小镇便有了一个好听的名字——玫瑰小镇。她的父母在她出生时，便也给她起了这个好听又浪漫的名字。

长大后的玫瑰，在庄园里做了一名花匠。玫瑰有着一双灵巧的手和一颗玫瑰般的心。

玫瑰一袭红衣，轻挽云袖，露出一截白藕般的小臂，用一双绣花的玉手分开花枝，再踮起脚尖，轻轻巧巧地就钻进了花丛中。然后，化作一只蝴蝶，在微风拂面香气四溢的花圃里，时而驻足，时而起舞。

玫瑰玫瑰，玫瑰玫瑰，忽然有人亮了嗓门脆生生地喊。她便直了腰回头看，然后粉了腮，红了脸，低了头，让一头如瀑的黑发遮住了脸。那一双亮亮的眼睛却没闭上，透过发丝缝隙的亮光偷偷地望。接着，便是静静的、久久地伫立，无声无息地让自己化作花海里一朵普通的红玫瑰。

当然不是叫她的。是一位客人嚷着装货。远远的，便能听到他们的吵嚷声。人群中最惹人眼的是一个白衣少年，站在花圃外指手画脚，几个工人模样的汉子便围着他团团地转。微风扬起他的长发，鼓动着他的衣袂翩翩起舞，像一面迎风飞舞的旗帜。倏然间，她的心就醉了。

之后便是昼夜无眠的期盼与长长的等待。仿佛是要等一个世纪他才来——等他来时，朗声再唤，玫瑰玫瑰，玫瑰玫瑰。

果然，不久他又来了。依然是一袭白衣，周围依然有几个随从。依然站在花圃外指手画脚用清脆的嗓音喊，玫瑰玫瑰，玫瑰玫瑰。那时，太阳初起，晨雾还未完全散去，玫瑰正弯腰站在花圃里忙碌。白皙的手背上沾满了晶莹剔透的晨露，潮红的脸，湿湿的，挂着一层毛茸茸的汗水。

听到他的叫声，她心尖一颤，竟然应了一声。

我在。

我在——是呀，就是我在！还能怎样应答呢？这便是她心底里最美的声音了。

只是她的声音太低了，太弱了，只有她自己能够听到。但她却真切地看到少年朝她望了一眼，露出一口雪白的牙齿，冲他痴痴地笑。仿佛是找寻了她很久方才找到。那笑像一枚落入水潭的石子，只听啪嗒一声，便荡起了无边的涟漪。

自此玫瑰的心开始魂不守舍。而少年却从此销声匿迹。

玫瑰玫瑰，依然有人在叫。她听了先是一喜，然后扭头看，接着，眼神里的光彩开始一点一点黯淡下来。是父母亲亲地叫，是哥哥暖暖地叫，抑或是老板不满斥责地叫。

一年后，玫瑰辞去了庄园里的工作，还从老板娘手里要了少年的地址。再不走，那颗心，就会完完全全地凋谢了。

长途奔波，舟车劳顿，她终于在一座城市的花店里见到了他。依然是一袭白衣，依然有着翩翩起舞的风度，只是瘦了。

当玫瑰一袭红衣亭亭玉立地站在他面前的时候，他吃了一惊，“腾”地红了双颊。

你不记得了？我是玫瑰呀，你叫过我的名字呢！她轻启朱唇，笑盈盈地望着他说。

少年看着她，露出一副似曾相识的样子，摇了摇头，仿佛在说：当然不记得了。我们真的认识吗？

泪水终于止不住流了出来。

冲出小店的时候，玫瑰满耳朵听到的都是叫他的叫喊声。

玫瑰玫瑰，玫瑰玫瑰，玫瑰，玫瑰……

可她没有回头。

然后，她看到一张张灿若桃花的脸和红男绿女们匆匆掠过的身影。

那天，她是一路逃回去的。路上，她还用棉花塞住了耳朵。

原来——你找的是他呀，他是一个哑巴呀！那天傍晚回到玫瑰小镇的她，又到庄园里找活干。老板娘轻撇了嘴，鄙视着，用略带嘲讽的口吻对她说。

怎么好好的就哑了？

车撞的呗！

老板娘说完后不再理她，扭着腰身忙去了。留她一人在痴痴地想，痴痴地发呆。

痴痴发呆的玫瑰浑然不觉或是竟然忘了，那天是 2 月 14 日，一年一度的情人节。满大街都是卖花的少男少女，满大街都是娇滴滴甜丝丝黏糊糊的叫卖声，玫瑰玫瑰，玫瑰玫瑰……

爱情信使

1

18岁那年，我读高三，做了一件异常荒唐的事情——答应邻班一个男孩子，给一个女孩子写情书。这是我平生第一次给一个女孩子写这样的文字，心里忽然有种莫名的难以抑制的激动。

那天，是林峰的生日。我们逃了晚自习，跑到校外一个位置偏僻的小酒馆对饮。半斤牛肉下肚、一斤二锅头入腹后，两个人已经醉得一塌糊涂。是一路高歌摇摇晃晃走进学校的吧，还在男生厕里吐得满地狼藉。分手的时候，我和林峰已经多少有些清醒。林峰忽然对我说，兄弟，帮哥哥一把！

我说，什么事儿？你直说吧！

帮我给你们班那个叫子君的女孩儿写封情书，就说我喜欢她。林峰说的时候，目光中带着几分乞求。

我一拍胸脯毫不犹豫地答应了。

2

第二天上课的时候，我被班主任骂得狗血喷头，耷拉着脑袋站着，无地自容。班主任骂累了，示意我坐下。我抬起头看见前面有个女孩儿回头望了我一眼，目光中有同情，也有不解。那个女孩子就是子君。

虽然有些荒唐，我还是决定帮助林峰。因为我们是死党，他曾经为我打过三次架，挨过学校两次处分，被记大过一次。

几乎整整一周，我都沉浸在如何应付林的那封情书之中。我坐在课桌前偷眼观察着眼前这个让林峰意乱情迷忘乎所以的女孩儿，才发现她总喜欢用左手理一理耳际的头发才会低下头看书，秀丽的长发就在她抖手的一瞬间，很自然地垂在肩头。盛夏的时候，她总是穿一身纯白色的公主裙，美丽得像个天使。而现在，一身有些扎眼的天蓝色羽绒服，让你有种看见蓝天的遐想。她上课回答问题的时候总习惯先沉默一下，然后再轻声细语地说。她羞涩，纯洁，淡雅得让我惊叹。至此，我才发现班里还有一位与众不同的女孩儿这么美丽地存在着。

课余的时候，我到学校的图书馆里找关于书信的书，我甚至还找到了马克思的《给燕妮》进行研读。

在做足了功课的前提下，又经历了林峰的三次催促后，周末回家的半天假期里，我开始了平生第一次情书写作。

我把自己反锁在小屋子里，谨慎地拉好窗帘。从书包里取出林峰买的彩色信纸，挑选出两张印有金喜善笑脸的淡蓝色的纸张，踌躇了许久，才颤抖着下笔。

我没有打草稿，心中已经有了经过反复推敲的措辞。在颤抖着落笔的一刹那，我忽然嗅到了彩色信纸上轻轻飘散出来的淡淡熏衣草的清香——我想，那或许就是传说中爱情的味道吧！

终于在换掉一张滴了浓重墨迹的信纸后，才开始顺利地用流畅精美的小楷一笔一画地慢慢书写。我听见钢笔尖在有些硬涩的纸张上划出好听的沙沙声。本来计划是一蹴而就的，可母亲来敲过三次门。我停下笔说好烦人，人家在睡觉呢。于是，母亲安静地走开。不算太长的内容，那天我竟然足足写了一个下午。在夜幕降临的时候，母亲喊我出来吃饭，才刚刚竣工。

我喘了口粗气，伸个懒腰，脸上露出满足的笑容，将信藏好后，开门出去。母亲用温和的口吻对我说，注意身体，是不是生病了？我摇摇头，到洗手间去了。

我的那些秘密，母亲应该不会发现吧？我忐忑不安地想着。在冰冷的洗手间里，在水龙头下摊开双手要触水的一刹那，我发现我的掌心，浸满了汗水。这时，我看见了镜子里的自己——一个曾经浑浑噩噩什么都不懂的小男孩儿，已经长成了一个脸上布满青春痘，嘴巴上冒出来细细茸毛的小青年，而眼睛里流露出来的，是逼人的光芒。

3

第二天大课间的时候，我从出操的队伍里溜出来，跑到厕所，然后兜一个大圈子跑回空无一人的教室。我将那个装在白色信封里的情书，夹在子君一个厚厚的笔记本中，然后放回她抽屉里触手可及的位置上。

整个中午，我不敢抬头看她，生怕她从我那慌乱的眼神中发现什么千丝万缕的联系。可是，我实在是想知道她发现那封信后，脸上究竟会表现出怎样的表情，是羞涩，是快乐，还是歇斯底里的愤怒？于是，后来的两节课，我几乎是在混沌中度过的，在想看与不敢看中苦苦挣扎，后来连放学铃声响了都没有觉察。我呆板地坐在自己位子上，等抬头再看她时，她已经在走廊里和同学小声说笑了。我终于确定她没发现那封信，有一些惊喜又有些失望地站起来，走了。

下午放学值日，我看见了撕成碎片的散落一地的蓝色蝴蝶。它们那么忧伤地躺在那里，像是等人过来认领。

天要黑的时候，我见到了迫不及待了解情况的林峰。他一脸问号地看着我，希望从我面部表情中读出最新的“气象资料”。我还未开口，他就先失望地垂下头。怎么样？是不是不太好？林峰深吸一口气仰起头问我。

林峰的话让我很轻易判定，子君一定没有按信中所写的赴约。我点了点头，把他领到学校后面那个大垃圾池旁边，指着仅剩几片的蓝色纸片，对他说，看见了吗，这就是她的反应。林峰忽然蹲下身，把头深埋在两膝间。我看见他的双肩在剧烈地上下抖动。当他仰起脸再看我的时候，泪水已经淌了一脸。我伏下身，轻拍他的肩膀。

下面还要我怎么做？在陪他走过一段漫长的林荫路后，我转身问他。他没有回答，从怀里掏出了一根香烟，猛烈地吸着，仿佛要将所有的悲伤都吞进肚里。

在林荫路的尽头，我们都停了下来。他将烟头摔在地上转回身，恶狠狠对我说，写，继续写，直到她出来见我为止。写一封给你50元稿费，我就不信邪！

4

从没想过替别人写情书还有稿费赚，高三的下学期，我每个月都会从林峰那里得到他强塞到我手里的200元钱。每周我都会按照林峰的要求照例写一封情书悄悄“给”子君。只是奇怪的是，那些信再也没有了踪迹。整个高三期间，子君始终没有对林峰表示出一丁点儿意思。

后来，我曾领着林峰在漆黑的夜里将学校那个唯一的大垃圾池翻了个底朝天，依然没有发现关于情书的一丝踪迹。那些写给子君的情书，应该全部都石沉大海了吧！

子君依旧那样风尘不染，我行我素地学习。如果硬要找出点儿变化的话，就是林峰心中那团熊熊燃烧的烈火正一点一点地熄灭。而我，也因为过度关注一件事和一个人，患上了臆想症。

5

大概是高考前离校的最后一个星期，林峰约我出来。他把双手放在我的双肩，很认真地说，兄弟，辛苦了，到此为止吧！

我明白他的意思。但那天晚上，我还是偷偷跑出去，借楼道里灰暗的灯光，写完了高中时代的最后一封情书。

第二天，我因为过度疲劳头痛得厉害，趴在桌子上一动不动，因此错过了高三唯一的一次体育课。当其他同学在操场上欢呼雀跃地奔跑时，我用仅剩的一丝气力，将最后一封情书夹在了子君的笔记本中。

那天傍晚，我吃了药爬起来，跑到后操场散心。月亮升起来的时候，我看见操场上，许多对“地下情侣”开始明目张胆地牵着手散步。这时，我也看见了子君——独自一人慢悠悠地走着，像在等待什么人。

当夜的大风从前方猛烈吹来的时候，我看见了子君的长发在我眼前舞动。

你是不是喜欢我……那些情书，我看了……其实，我也喜欢你。

那天，子君横在我面前的路上，低着头，背对着我，淡淡地说。她一个字一个字的气若游丝地吐出来。

我忽然泪流满面。

6

高考的结果让所有人都感到震惊——重点稳拿的我，最后只上了一个不算太好的二本。平时格外努力但不出色的子君，竟然和我并驾齐驱。而林峰，名落孙山，归隐还乡了。

2008 年 9 月，我和子君在同一所大学见面了，开始了真正属于我们的爱情。

7

2009 春节放假回家，高中同学替林峰抱不平，你是不是在那些写给子君的情书上做了手脚？我说，不是。

我告诉他所有的真相：我写的第一封情书，子君没有打开看就撕碎了——她不想在最后的关头分心。而之后的那些呢？她把它们都原封不动地封存起来。而她真正开始读的，是最后一封——那是唯一一封没有落款的情书。她知道，写那封的人，就是我。

子君说，循着最后一封情书，她开始一封一封地读下去，然后被感动得泪流满面。

之前署名“林峰”的信，怎么解释？她说，你写的那些公开发表的小说，不也用的是笔名吗？——我看过，因此懂你。

我愕然。原来，真爱无论怎么掩饰，都无法逃脱爱的眼睛。

被丢失的手帕

1

从没想到大军哥长大后会胖得如同一个矮短的木桩，连头顶也几乎成了荒凉的不毛之地。

他站在陈旧的老房子前面睡眼惺忪地看我。请我进去的时候又如一架风车那样厉害地摇摆。这是一个我怎么努力也无法接受的事实。

不过大军哥依旧黑，脸像刚从煤窑里钻出来一样闪着亮光。他一直嘿嘿地笑。我问他干什么，还在矿上？他说，是，不下井，在井上看场子。你看我这腿能干下井的活吗？

那天，大军哥总不敢拿正眼看我，斜瞥着墙上的旧相框和我说话。他后来说，到院子里去吧，屋里黑。说这句话的时候，他眸子像是被火点亮了，闪烁着光芒。

2

第一次见大军哥的时候，我5岁，从外婆家里拿一个夹菜的大饼正扶着院子大门的木门框埋头在咬。一个精瘦又黑的小男孩儿忽然站在我面前。他穿一身绿色的小军服，腰里还扎着皮带，双手叉腰盯着我的饼子一动不动。

我不知道他是什么时候出现的，正咬着饼的嘴忽然就停滞了。我低头翻眼看他，发现他喉咙直抖动，还“咔嚓咔嚓”作响。他舔舔干涩的嘴唇黑着脸看我，样子很异样。我张着嘴，愣住，忽然手里夹菜的饼掉在地上。一条大狗很是时机地跑来把它叼跑了。

我“哇”的一声就哭出来。紧接着母亲大喊着“怎么了怎么了”跑出来看我，然后拉我回家。

等我再次见到大军哥的时候，他被他母亲带过来给我认错。他母亲是一个个子矮小的女人，大热天还穿一件碎花的旧布棉袄，怀里抱着一个白胖白胖的小男孩儿，脸上挂着勉强的笑。

大军哥低着头。他母亲一手抱孩子，一手去拧他的耳朵。

“以后不要再欺负妞妞了，听见没？”

“我没有欺负她，是那条大黄狗欺负她。”低着头的大军哥并不认账。

后来，一个白胖的男人把大军哥揪走了。他揪着他的耳朵，可大军哥一声儿也没有叫。

3

大军哥家里的事情，我是从外婆和母亲的谈话中知道的。那时候，我父亲正在另外一个很遥远的地方上班，十天半月也不来看我。

她们说，大军哥家是刚搬来的，就租住在外婆家后面的那个空院子里。大军哥的亲爹在矿里下井被砸死了，他妈就领着他改嫁给这个胖子。听说胖子还是煤矿里一个什么科长……

她们说话的时候，我正在院子里跳方格子。我说，要不怎么大军哥长得不和他爹一样白，原来他爹是后爹！

外婆跑出来拿眼瞪我，骂我，死丫头，你懂什么？

外婆那时很凶，完全不像妈妈那样子待我。

4

真正和大军哥在一起玩的时候，是我厌倦了和街坊里那些小女孩儿比谁的大饼好吃比谁的花衣服漂亮。那时我已经开始关注男孩们怎么去掏鸟窝怎么打架了。后来我就开始像一个跟屁虫，天天跟在大军哥后面疯跑。

每次我一出门，母亲和外婆就再三叮咛，让大军哥带好你啊，可别摔着了。我不理她们，头也不回地就跑了，然后就听见外婆在院子里对母亲说，这丫头疯死了，早晚要被这狼崽子拐跑，你还不看紧点儿？

那时大军哥和那些男孩子最喜欢玩攻城堡的游戏。我跟在大军哥后面，随他们绕出小镇偷跑到煤矿里面的煤堆上玩。

他们常选择一个矮点儿的煤堆作“城堡”。他们把人分两拨儿，一拨儿站在煤堆上面“守城堡”，一拨儿由下向上“攻城堡”。大军哥常常扮演攻城堡的首领。我一般不参加他们的游戏，就蹲在一旁看，然后傻笑，高兴的时候会给大军哥他们鼓掌加油。我最高兴的事情就是当大军哥满身煤黑的站在煤堆上面说胜利的时候，冲到煤堆顶部和他们站在一起。那时，我跑到上面饰演一个最重要的角色——皇后。国王是谁？当然是大军哥了。

那段时间，大军哥回去总是挨骂。他那个白胖的后爹总是拧他的耳朵让他咧着嘴求饶，如杀猪一般。

“你小子喜欢玩煤不是？再过几年我就让你到矿里去下井。”气急了，后爹就这样对大军哥说。可大军哥告诉我，他从来没有怕过。

后来，母亲和外婆也开始阻止我和大军哥玩，说是怕我学坏了。可她们看不住我，我总是偷偷地跑出去，在大军哥家的门缝里往里看。那时大军哥常在院子里转悠，像一头困兽，他那个白胖的后爹就坐在长板凳子上，手持木棍拿眼睛瞪他。

5

我 7 岁那年大军哥 10 岁。大军哥被他母亲强行带回去，说要上学。其实，据母亲的说法是，他后爹开始嫌弃大军哥了，坚决让他娘把大军哥带回老家去。那时大军哥的小弟弟已经 3 岁，他后爹还总抱在怀里不让他下地走路。

后来他母亲就带大军哥回到了老家，寄养在大军哥叔叔家。

最后一次见到大军哥的时候是半年以后。暑假，他来看他母亲，说住下玩儿几天再走。我高兴坏了，跑到大军哥家去看他。他跑出来偷偷告诉我，说要带我到小镇子外的树林子里玩。我欢呼雀跃好一阵子。

那天，他趁他后爹出去一阵子的时候，从家里偷骑着他后爹的那辆破旧的永久牌自行车跑出来。我坐在他后面，抱着他的腰生怕掉下来。

大军哥的车技不怎么样。看样子刚学会。一路摇晃得很厉害，没出小镇子就摔了好几跤。他后爹听别人说他把车子骑出来还摔了跤就追出来。等他追出小镇子的时候，我们早已跑得没有了踪影。

大军哥骑得飞快，他立起来，身子向前探，两条腿使劲蹬，遇见石头多的土路也不减速。我坐在车座后面咬紧牙关坚持，心都快颠出来了。骑出小镇很远的时候，我对大军哥说，看不见你爹了，你慢下来吧，我要颠死了。大军哥说，不能慢，让我后爹抓住了会打死我的。

我记得到那片树林子的时候，大军哥已经汗流浃背。他下了车，弯着腰呼哧呼哧地喘粗气，像只跑累的大狼狗。等喘够了，他才站直身。我看见他瘦高的身子，站在阳光下黑着脸朝我笑，真傻。我揉着发麻的双腿问他到树林子里干什么。他说，掏鸟蛋呀！在叔叔家憋疯了，他们不让我出去乱跑，害怕我还回去找我娘，那样子后爹就会让我下井挖煤黑子。我说挖煤黑子有什么不好的，当工人多光荣呀！大军哥就骂我，你懂什么，我爹就是在煤窑里被砸死的，我叔说了，考大学当干部才是出路。我说那你干吗不读书，怎么跑到这呀？他说，这是放假，你不懂。

我反正说不过他，就不再理他。他带着我在树林子开始逛来逛去，眼睛总是向上盯着树杈。

大军哥说掏了鸟蛋给你煮着吃。我跟在他后面，心里甜滋滋的。后来果真在树林里找到了好几个鸟窝。每次发现鸟窝的时候，他都激动得踢掉鞋子，挽起裤管，再往双手上吐一口唾沫就开始爬树了。

那天我一直跟他后面提着他的臭鞋子。他掏的鸟蛋多半摔下来，破了。中间，我曾经试图掏出母亲给我刚刚绣好的刺有油绿色荷叶粉色荷花图案的手帕去接，可总也接不住。大军哥从树上爬下的时候就骂我笨，连个鸟蛋都接不住。我嘟噜起小嘴儿不理他。他就走过来掰开我的手，塞进去两个鸟蛋，然后从我手里夺过手帕看。

他把手帕举过头顶照着太阳看，说绣得不好看，还没他娘绣得好呢，扔了算了。

我说，你瞎说。

他说，呸！

我知道他这样说是真喜欢了。以前我拿的东西，穿的衣服，他总是不屑一顾，从来不加评判。这次说不，分明是注意上了。

我说是我娘绣的，好看着呢！他不给，转手揣在怀里。

回来的时候，大军哥载着我把车子摔坏了。等我从地上爬起的时候，发现口袋里流出了清水——鸟蛋全破了。回去终究没有吃成大军哥所说的煮鸟蛋，连个鸟蛋汤都没喝上。大军哥的腿也摔破了，从地上爬起来的时候流出了血。他从怀里就取出那块儿手帕摁在上面，手帕上面很快就洇了一大片。我心疼得要流出眼泪来。

大军哥的腿不再流血的时候，他咬着牙把手帕扯下来给我看。我看见绣有荷花图案的手帕只剩下两片绿叶子还没粘血。我眼睛里有委屈的眼泪。大军哥说，哭啥，不要了，如果拿回家你娘知道非打你不可。看清楚啊，我可没占你的便宜！

他甩手将手帕扔进路边的草丛里，吐了吐舌头冲我做鬼脸。

天快黑的时候我们才赶回去。

回家后，母亲和外婆再怎么生气，也始终没有提起那个绣有粉色荷花图案的手帕。我想她们大概是忘记了吧。那时，她们只顾跑到大军哥家看吵架了。

大军哥后爹拿一根棍子满院子追他打，大军哥跑到他母亲身后面左右躲闪。他母亲和他后爹又是吵又是骂。

我偷偷躲在母亲身后看，不敢出声。看见大军哥被他后爹的棍子打中了就赶紧咬牙闭眼睛。

白胖子骂，兔崽子，明天就滚，永远不要再回来。

大军哥说，滚就滚，谁怕谁？

第二天，我去看大军哥的时候，大军哥已经走了。院子里空荡荡的，只有一辆车把歪扭的自行车斜靠在煤堆上。

后来我随母亲搬到了父亲工作的地方，在那里生活、上学，然后考上大学，到外地工作、结婚。外婆过世的时候我只回来过一次。那时，大军哥已经在矿上上班好几年了，和他亲爹一样，下井挖煤。我回来没有见到他，就到他母亲住的院子里去。他母亲已经老了，不过还是大热天穿着那件碎花布棉袄。他母亲问，大军在矿上住，要不去叫他？我笑着说不用了，怕影响他上班。他母亲说不碍事儿，他瘸了腿，在井上干些杂活儿，不忙。

这时，我才知道大军哥的腿是在下井作业时意外砸伤的，后来落下了残疾，所以这么多年以来一直单身未娶。

6

我和大军哥坐在院子里随便聊了一些往事，又问了一些他的现状。

我说要不是路过，我们这一辈子就不会再见面了——这次是我出差路过这里，顺路来看看童年生活过的地方。

大军哥一个人住在那个偌大的院子里。他母亲和后爹都随他弟弟搬进城里。这里是破旧的棚户区，几十年的老样子还是没有多大变化。

走时，他摇晃着身子出来送我，瘸着腿，走路总是不太平稳。

我转回身时，看他从上衣口袋里取出一个小手帕擦眼泪。我看见四周洗得发白的手帕上面，露出两片油绿色的荷叶，剩余，暗红色的血渍，淡淡的，还赫然在目。

爱是艰难的

1923 年的秋天，年轻的胡适只身来到美丽的西湖静养。在那里，他和正在杭州师范读书、小他 11 岁的曹诚英再次相遇了。

那时，胡适的生活里没有爱情，只有彼此隔膜的婚姻。而曹诚英，也刚刚结束一段不幸的婚姻。因为亲戚的缘故，他们彼此早已认识，所以胡适便约了曹诚英，到西湖和他一块儿出去游玩。正是这次的无意际遇，却让他们彼此感慨：众里寻他千百度，蓦然回首，生命中苦苦找寻的那个他或她，竟然就在眼前。

于是，真爱开始在各自的心中生根发芽，之后迅速生长，转瞬间成了难以撼拔的参天大树。

那段时间，西湖边，每天都有一对青年男女沿着幽静的山道携手缓缓而行。男的西装革履，戴着金丝眼镜，文雅而不失风流；女的青春亮丽，端庄淑雅，活泼而不失羞涩。他们边走边聊，或轻轻私语，或开怀朗笑，将湖光山色尽融于彼此炽热的恋情之中。

后来，曹诚英随胡适一起租住在西湖南侧山上的清修寺里。他们一起登山，赏水，下棋，过着神仙眷侣般的生活。

直到 12 月，冬天来临的时候，胡适和曹诚英才决定分开。可三个月的神仙生活早已让他们如漆似胶，难舍难分。最终，他们相约，等胡适了结了自己不幸的婚姻后，他们再结为眷侣。于是，胡适孤身一人回了北京，而曹诚英则留在杭州等待他的佳音。

没曾想，此次一别，曹诚英望穿秋水，苦苦等来的，却是胡适无奈的深深叹息。

回京之后，胡适原想与原配妻子江冬秀解除婚约，和心上人从此共结连理。谁知，他第一次向发妻正式提出离婚时，妻子便拿着菜刀威胁说："你离婚可以，我先把两个儿子杀掉。我同你生的儿子不要了。"兵的做法吓坏了秀才，秀才只好牺牲自己的爱情。从此，胡先生不敢在妻子面前再提曹佳人半个字儿。

得知此情之后，曹诚英在朋友汪静之家中失望至极，不无感伤地说："过去我为丈夫守节；从现在起，我要为胡适守节了。"果然，此后的数十年中，她孑然一身，终生未嫁，直至老死。

这期间，曹诚英曾给胡适去信，以表心中的相思："鱼沉雁断经时久，未悉平安否？万千心事寄无门，此去若能相遇说他听。朱颜青鬓都消改，唯剩痴情在。"而胡适，也在诗文中这样回应她："风吹乱了窗纸上的松痕，吹不散我心头的人影。"

两个人书信往来了一段时间，不久，曹诚英便决定不再给胡适写信了。她似乎不愿意再为难这个夹在两个女人中间的不幸男人，可她终究无法把他忘怀，只好将他珍藏于心底，在心里和他相见。

两个人阔别一年之后，曹诚英从师范学校毕业，进入东南大学读农科。之后，她又步胡适的后尘，到美国的康奈尔大学选读农学。胡适知道此事后，随即写信给美国的好友，告诉她，好好照顾曹诚英。

1937年，学成回国的曹诚英想见胡适，而此时的胡适正出使美国。海天相隔，两个人仍然不能见面。于是，曹诚英写了封长信给胡适，以表思念，而胡适则让人捎钱物给曹诚英，以示旧情不忘。

转眼间又是十年过去。两个人都没有机会找到对方。

胡适归国后，1948年底，他终于有机会去上海探望曹诚英了。然而此时，内战正酣，人物分崩。两个人匆忙见面，草草分别。在最后分离的时候，胡适留下一句让人无限唏嘘的话——等我。曹诚英只好望着心爱人离去的背影，泪眼婆娑，肝肠寸断。

两个人都不知道，这一别，竟然是生离死别，永不相见。

之后不久，胡适去了台湾，而曹诚英留在了大陆。从此，两个人天各一方，音信两茫茫。

新中国成立后，曹诚英任教于沈阳农学院，病逝于故乡安徽绩溪。临终前，她对胡适仍念念不忘。她委托好友汪静之，将她一直珍藏着的一大包与胡适来往的资料，在她死后焚化——这段刻骨铭心的相思她珍藏了一辈子，死后，她也要带它到天堂。

死后，按她的要求，曹诚英被安葬在安徽省绩溪一条公路旁——那是一条通往胡适家乡上庄村的必经之路。她希望有一天，在胡适归来时，能在自己的坟前驻留片刻。

可她哪里知道，胡适已然先她而去十年了。

原来，这世间的真爱，竟然是如此的艰难。相爱相守难，别离后，有时连相见都如此的艰难。不能相见，也罢，故只有在彼此心中默念、默念，默念千遍、万遍，直至都化作一缕青烟，各自飘散，在天国中遇见。

爱的三封信

春天的一个午后，她坐在窗前给他写信，右手执一支黑色的钢笔，而信纸，是淡紫色的，一如她脸上淡淡的忧伤。窗外，此时，明媚的阳光正在远处楼房的墙壁上轻快地跳跃，恍若她多年前那颗少女悸动的心。

她终于开始落笔了。其实，信很短的，只有一句话，一挥而就，而她却构思了很久。那上面的语言，她一直以为，只有她和他能读懂，而如今……她轻声地叹息，满是无奈与遗憾。写完后，她看见天空的云彩变得有些暗淡。

原来，那是一封常人无法读懂的信。那封奇怪的信，没有亲切的开头问候，也缺少结束时的衷心祝福，连最后的落款署名都没有。

只有这样一个方程式：$a^n-a^n=0$。

写完后，她将信纸折成心形，轻轻装入信封中，缄口，熟练地在信封上写上地址，以及那个熟悉的名字，像结束一段不太愉悦的旅行。收起那个信封，她以一种尽量快乐的心情走出家门，穿过一条曲折的小巷，在一家邮局前驻足，然后随手将它丢进一个绿色的邮筒中，像丢弃了一个很久很久的梦想那般。一瞬间，她心疼的泪，跌落下来。

在回去的路上，她很自然就想起了多年前的那个午后。那时，年少懵懂的她如同一朵将要开放的雏菊，在转入一所中学的一个阳光灿烂的午后，她在足球场上看见了他，就莫名喜欢上了那个穿绿色球衣的男孩儿。她喜欢他在球场上风驰电掣的样子，以及他在课堂上洒脱发言的英姿。那时，她还只是个过于羞涩又不善言谈的自卑女孩儿。而他，却又太过耀眼。

在想了一个漫长的学期后，她终于决定给他写信。那是高三下学期。那次，她将少女所有最纯真的心思慢慢展开，让它舒展成一朵最美丽的荷花。她别出心裁地写信给他，告诉他她的心思。她在粉色的纸上，将万千情思凝结成一道数学题：$a+b=b+a$ 吗？她想，对于成绩优异又是数学课代表的他来说，那是一道他一定能读懂的爱的语言，也必将会成为别人永远无法揭晓的秘密，而这个秘密只有她和他能解开。

她将信放在他前来收作业本的手中，轻声告诉他，里面有一道有趣的题，解答出来后，告我。他莞尔一笑，露出几分调皮。

后来，他果真回信了，同样的粉色信纸上，只写了一个字，是。她看见他冲她笑，有些顽皮，而眉眼中全是幸福的味道。

她醉了。整整 3 个月。

而第二封信，她写给他的时候却已是炎热的 6 月。高三的校园，格外的忙碌，还夹杂着离别的忧伤。她提笔在信中写道：$a^n=b^n$ 吗？不久，她又收到男孩儿的回信。他说，是。那晚，她独自捧着那封信，高兴得竟然泪流满面。

之后不久，便是别离。最后，他去了他心仪的大学，而她，却留在本市，读一个地方的师范。再后来，就是彼此音信全无。

最近的一次见面，是大学毕业几年后的一个冬日，天空正飘零着雪花。他从遥远的城市匆匆归来，找到她就职的学校，高兴地告诉她，他要结婚了，回来接父母参加婚礼，顺路看望老同学。她怔了一下，接着就是情不由衷的祝福，而眼中，却怎么也藏不住泪光闪动。

那一刻，她终于确信，他始终没有读懂她给他写的信。

再后来，她常常会莫名地自言自语，这不很简单吗？他怎么就没有读懂呢？——$a+b=b+a$ 吗？就是我爱你，你爱我吗？$a^n=b^n$，其实就是，我特别爱你，你也特别爱我吗？而最后的 $a^n-a^n=0$，意思是，我那么多的爱恋，就让它随风而逝，重归于零吧！

记得那个年代，同学们都叫她小爱，怜爱的“爱”，而叫他小贝，贝克汉姆的“贝”。

爆米花

小区门口处不远的地方，夜幕一落下来，那个中年男人的爆米花生意就拉开了序幕。

他几时来的，没人知道，也没人想知道。但是大家都知道他来了很久了。

有一次，出门，我家孩子缠着要我吃爆米花。为了挣脱孩子的纠缠，我从自家弄出来一碗米，拉着孩子，急匆匆去找他。

那时候天刚黑下来，他已在一片还算宽阔的街角拉开了场子。他的周围围满了馋嘴的孩子与妇女，每一个人，都是一副饥渴难忍模样，望着他，偷偷情不自禁地吞口水。他孤身一人坐在一个小板凳上，手里摇着转锅的手柄，转锅就像上了发条的风车，呼呼地转起来。一个炭火旺盛的火炉，伸出蓝色的舌头，轻轻舔着锅底，也把他粗犷的脸照得通红。远远望去，他像是坐在繁华又孤寂的舞台中央，神情落寞，气度悠闲。这个时候，他还算清闲，一边做活一边和人唠闲嗑，东一句西一句的，约莫着时间到了，他缄了口，神情也庄重起来，叫身边的大人小孩先让开，他要开锅了。大家听了，迅速后退几步，双手捂住耳朵，又神情紧张地望着他。

他戴上满是油污的厚手套，轻轻地把葫芦样子的转锅移下来，放入一个布袋做成的长筒袋里，一脚踹下去，“嘭”的一声巨响过后，白花花的爆米花冒着热气就跑到袋子底部。如果客户需要加工的话，后面还要熬上糖稀，搅拌，定型，切割，最后交到顾客手里的是香甜酥脆的米糕。不需要的顾客，直接装袋，交钱，走人。

因为他的手艺好，我领孩子去了几次，慢慢熟识了。其中有一次，他做活期间向我打听一个人。他问，你们小区里有一个叫“云妹”的没有？是朱家沟的。我实在不认得几个人，便回应他说不知道。他却并不生气，说，据说是住在这里，我一个初中时候的同学。我笑了笑，不接他的话。我不知道他究竟要做什么，如若是坏人，害了他人怎么办？

就这样，他每天傍晚，夜幕一落，就准时出现在小区的门口。有时也会缺席，那是下雨下雪的天气，没法出摊。这样推算，他应该在附近租了房子的。

后来，我曾问他，是否找到那个叫“云妹”的人。他哈哈一笑作为回答。有，与没有，都在那哈哈一笑中了。

不久后，发生了一件事情，震惊了所有的人。小区里发生了一起杀人案，死者是一个叫“云妹”的孤身女人。那段时间，警察在小区出出进进查找线索，恰恰在这个时候，他忽然失踪了。

后来，警察把他作为重大嫌疑人通缉。这个消息把我吓了一跳，为自己当初与他的亲近而后悔不已，但内心也有巨大的恐惧与疑惑无法散去。那样一个看上去憨厚老实的人，竟然是一个隐藏很深的坏人？！

半年后，云妹的案子破了。与他无关。他又出现在小区门口，继续做他的爆米花生意，生意依旧，只是他脸上已经没有了笑容。

后来我才知道，那半年，他自己去缉拿凶手了。为此还身中一刀，最终的结果是凶手被绳之以法。

有人说，被害的女人是他的初恋，离开后，他一直念念不忘。相爱的时候，那女的极爱吃爆米花。后来那个叫云妹的女人还是离开了他，跟一个有钱的老板走了。老板是一个有家室的人，在小区里给她买了房子，两个人私下幽会，算是金屋藏娇。只是那老板的脾气极坏，喝了酒，常常打她骂她。结果，那一次失手了。

他怎会知道这些？我问那个四处散发小道消息的人。

他急了，瞪我一眼，生气地说，我哪知道？

后来，那个做爆米花生意的男人就不再固定在小区门口了。有时候，他在，有时候又不在。听朋友说，有时候他出现在城东，有时候他出现在城西，有时候他出现在城南，有时候他出现在城北。据说，他还是喜欢向人家打听事情。

“你们小区有一个叫云妹的女人吗？”每次问完，他都莫名其妙笑了笑。

问过后，没人理他。云妹的案子在小城闹得纷纷扬扬，谁不知道？

有人说，那家伙是四处流窜的精神病人。别搭理他！

青春期的那颗朱砂痣

13 岁那年，我在一所乡村中学读初中二年级。因为结识太多混日子的死党，整个人几乎是疯掉了。于是学业一塌糊涂，几乎所有科目都亮起了红灯。

那时，旷课，逃学，打架，和老师顶嘴几乎成了我全部的校园生活。为了管教我，班主任决定把我孤立起来，并告诫班里其他学生一概不许理我，我的座位因此也由前三排移到了最后一排的一个死角。我成了一个无人理会的孤家寡人，每日无聊的时候，我只能与墙壁默默交谈。

那天，班主任贾老师领进来一个瘦瘦的女孩子，对大家说她叫江南，新转来的。我抬头望了望她，然后用玩世不恭的目光盯了她一眼就不再理会了。的确，不可否认，她是一个十分漂亮的女生，她的洋气长相与装扮立刻把她与班里那些丑小鸭区分开来。可是，这又与我有何相干呢?

可是，我错了。因为座位刚刚调过的缘故，班主任只好把江南安排在我旁边的空位坐下来。江南的到来让我立刻不自在起来，尤其是和一个美丽的女生坐在一起，让我芒刺在背坐立不安。

据说，她的成绩超好，从市里一所重点中学转学来的。这样的情况更加让我汗颜。

第一次因为这样一个特殊的女孩子，我开始有了几分收敛。第二天，我偷偷换上干净的衣服，并理了短发，还破天荒地把上课用的所有资料全部带齐。在那个偏僻的角落里，第一次听她用优美的普通话回答问题，第一次看她用一本钢笔字帖练习书法，我心中竟然有了几分莫名的激动。

可是，仅此而已。我依然是老师黑名单上的坏学生，依然没有一个朋友。

“喂！你的画还蛮特别的。”自习课上，她轻拍我的手臂，指着我在数学课本上胡乱涂鸦笑着说。

“有什么特别的，垃圾！”我虎着脸看都没看她。我的回应令她有些吃惊，她呆呆地看我一眼然后不做声了。

她的到来让班里那些调皮的小男生找到了新的捉弄对象。下课铃声刚刚响过，她的座位周围立刻就围满了各色各样的男孩子。他们大喊大叫吵翻了天，而她红着脸低下头不去看他们。我看不过去，瞪着眼一挥拳将他们全部赶跑。

上课的时候，她偷偷递过来一张纸条：谢谢你！而那张纸条，让我的心又有了温暖的感觉。

从此，我开始装模作样地听课和写作业。只是因为基础太差，各科成绩多数在 60 分以下徘徊。她把她记录的课堂笔记拿来给我看，并指着画有标记的地方说，这些题做会了考个及格分应该没问题。

果然，在她的帮助下，我的成绩突飞猛进，月考的时候，竟然有两科突破了 60 分。拿到卷纸的时候，我尽量克制自己不要露出洋洋自得的样子。江南却笑着对我低声说，你真是个天才，稍一努力成绩就上来了，真羡慕你。我冲她笑了笑，露出感激的神情。

这时，她偷偷塞给我一个纸条。我打开看，上面写着：加油，你一定行！望着她明亮的眼睛，我心里有说不出的感动。

因为她的鼓励，那些苦涩艰难的学习也变得有了几分乐趣。我甚至放弃课间出去“放风”的机会，坐在座位上埋头苦读。第一个学期结束的时候，我竟然考进了班级前二十名的行列，这让所有任课老师大跌眼镜。就这样，我由一个糟糕透顶的坏学生实现了华丽转身。升至初中三年级的时候，我的成绩几乎和她并驾齐驱，成了令人羡慕的好学生。

那段日子，我发现自己的人生重新有了意义，甚至感觉自己成了一个发光体，整日充满了能量。

初三下学期，每个人都在为中考拼命学习的时候，有一天，我却听到了江南离去的消息。班主任贾老师站在讲台前对大家说，因为江南父亲工作变动的缘故，她已经转学离开了。那天，我坐在没有江南的教室里，在恍惚之中度过了我初中生涯中最为难熬的一天。

江南走的时候，没有说一句告别的话。我唯一保存下来的是她留给我的两张纸条，一张写着：谢谢你！一张写着：加油，你一定行！

带着她的鼓励，我继续努力前行，之后进入重点中学并顺利考上大学。

江南成了我青春期里的一颗朱砂痣，让我刻骨铭心。青春期里那种懵懂的感觉真好，以致激励一个失足少年重新站起果断前行。

可是我知道，那种美好的感觉并不是爱恋。而是，一个青春对另一个青春最美的祝福，就像一棵树望着另一棵树一起成长那样的美好。

每一场盛大的爱恋都会风波不断

1

2007年春，朱雨单身，还没有女朋友，一张娃娃脸，一笑两个小酒窝，可爱极了。因为比同班同学小两岁，他看上去特别的单纯、幼稚。大二了，还无所事事，下课后就整天无聊地守着那台从旧家电市场买来的二手20吋纯平长虹牌彩电，和一台叫不上名字满是伤痕一吞碟就被卡住“嗞啦嗞啦”响的影碟机，猫在寝室里，关住门，独自一人享受着一些慢慢吞吞没什么情节冲突的文艺片，或者打打杀杀的满是血腥画面的港台警匪片自娱自乐。偶尔无聊，他也会从上面扒些情节，改头换面，添枝加叶，添油加醋地编成故事，投出去，落一笔数量尚可的稿费。因此，他也在中文系里落得个才子的虚名。只是，他这个虚名，在系里那些女生看来，是从不入法眼的。甚至，大家会为他呆滞可爱的样子，在背后指指戳戳偷偷地嘲笑。为了继续无聊的生活，朱雨渐渐养成了淘碟的习惯。每个周末，他必然要到大学城西北角的那个不大但热闹非凡人山人海的跳蚤市场去。没有女朋友，你说他还能做些什么有意义的事情呢？

一个周末，朱雨早早从学校出来，又到大学城西北角的跳蚤市场去淘宝贝。中午的时候，太阳毒辣，没有风，天闷热得有些压抑。额头冒汗的朱雨正从一家碟片店一无所获极为失落地钻出来，抬头间，猛然有一个穿浅蓝色裙子的女孩子闪入他的眼帘。他看见一个女孩子，从街道远处，正以百米赛跑的速度冲开人群，飞奔而来，在他面前又如飓风般呼啸而过。女孩子跑过很久后，他的脸上仍然有风掠过的感觉，耳畔依然可以清晰地听到皮鞋敲击地面后响起的有节奏感的“嗒嗒”声。

朱雨被这突如其来的场面就镇住了，大脑即刻短路，整个人像是被人点了穴道，一动不动。

约莫愣了五分钟，朱雨才缓过神儿。他揉了揉眼睛，以为自己的眼花了，又在寝室里看他淘来的所谓大片。等他转头定睛看时，就看见一个风姿卓越的女孩子已经在他前方不远处站定，双手叉腰，微微下蹲，气喘如牛，正回首惊恐地张望。朱雨就冲着她挤出几丝笑。他不知道从哪里来的兴致，碟也不淘了，三步并两步向女孩子走过去。到了女孩子身边的时候，他俯下身子，从牙缝里轻声地挤出几个字，同学，发生了什么事？需要帮忙吗？

女孩子冲他点点头，不语，用手指了指她的正前方。

朱雨顺着女孩子手指的方向走过去，挤过拥挤的人群向前探索。女孩子贴着他，紧随其后。迎着中午热烈晃眼的阳光，穿过不太长的街道，在拐角处，他们站住了。一只毛色雪白、四肢短小、正躲在角落里啃一只脱了毛有些腐臭味的死老鼠的宠物狗忽然映入眼帘。

就是它吗？

女孩子轻轻点了点头。朱雨“扑哧”笑了。

朱雨看着女孩子的脸，面露喜色。他小声说，别怕，我把它赶走。女孩子后退了一步一脸惊悸，说，好，那你快点儿。

朱雨向她摆手，摆出一副饿虎扑食的样子挡住女孩子的身体。谁知，他刚一转身，那只小狗就欢快地迎过来，四条小短腿快速地交错，边跑还边快乐地汪汪地叫，吓得女孩子如小鹿般惊恐地扑到他的背上。

朱雨转身抱住女孩子赶忙说，别怕，别怕，有我在。可女孩子还是吓得哭出了声。

朱雨一脸怜香惜玉的神情，一直在说着安慰的话语。其实，那一刻，他在心里早已狂笑一万遍。

苍天呀，大地呀，好事怎么就偏偏砸在了我头上呢?

2

朱雨是一路打听后才知道的，那个被他“搭救”的女孩子叫江若兰，本校音乐系的系花，曾整天对着他们宿舍的方向狂“喊”，一副歌唱家的样子，特自恋。

朱雨见到江若兰的第一面，就被对方纯真、柔美、可爱的气质俘虏了。那也算是一个值得称颂的英雄救美的故事吧。朱雨常在心里这样想。等朱雨在学校的阅览室里再次见到江若兰的时候，就在心底涌出有几分亲切感。

那天，朱雨推开阅览室的门，一眼就看见坐在角落里看书的江若兰。他假装找书，半天也寻不到，绕道，转了一圈，才走过去，把头凑到正在看书的江若兰耳边，轻声问，同学，请问莎士比亚的作品放在哪里?江若兰就把深埋在书里的头抬了抬，睁开那双水灵灵的大眼睛，一脸茫然地看了看他，然后用手指了指里面说，同学，我从没看过啊，你自己找找吧！

江若兰说完，又将头埋在书里。朱雨有些失落，垂着头一副懊恼又不甘的样子。

朱雨转身又到里面转了一圈，很快就捧着一本书，兴冲冲地走来，转回身，拉一把椅子，坐在江若兰的旁边。

他敲了敲桌面，和她搭讪。难道你不认识我了？朱雨尽量表现出一副大梦初醒的样子。

江若兰抬起头转脸看他，蹙起眉头想了老半天，也没有做出一丝相应的反应。

小狗？对，那天你被一只小狗、一只白色的宠物狗吓着了，还是我帮你……

朱雨用手比画着使劲提醒，急得牙直打架。好一会儿，江若兰才表现出一副既惊讶又高兴的样子。

那么，你请我，以表谢意，怎么样？要不，还是我请你吧！

终于看见江若兰表现出应有的反应，他就有些语无伦次，手舞足蹈了。

总之，无论是江若兰请朱雨还是朱雨请江若兰，他们都有足够的理由聚在一起。

那天是朱雨提议到校外的“一世情缘”冷饮店的。江若兰不好意思推辞就抱着书一块去了。

到了店里，他们找一个临窗的位子对坐。朱雨用拳头顶着下巴，望着。朱雨潇洒地问，要吃什么。江若兰直摇头笑。朱雨说我吃冰，你要不要？江若兰说，不，我要一杯热茶，行吗？江若兰说过后，仍然在笑。朱雨一下子被呛住了，差点儿让瞪着的眼珠子掉下来。

那次聚会，算是不欢而散吧！总之，他们走的时候，灰头土脸的。

3

朱雨始终弄不明白，大热天，江若兰干吗要喝热茶。百思不得其解后，在晚上的卧谈会上，他终于开口，和同室的哥儿们就此问题进行了一次细致深入的探讨与交流。睡上铺一头红毛号称情圣的阿峰从上面垂下头，望着他饥渴的脸说，你傻呀，人家的初恋或许就在那里开始的，或许两个人就是边喝温热的奶茶，边谈恋爱的。朱雨听了直点头，说阿峰分析得有道理。后来，他还是让音乐系的那个外号叫“八哥”的老乡去打探一番。老乡传话过来说，江若兰刚刚结束一段缠绵悱恻的恋情，那男的是个帅气的公子哥，刚看上一个漂亮小师妹，所以两个人掰了，“一世情缘”冷饮店正是他们初次约会的地方，不过那时是深冬，店里正狂甩热而不烫刚刚能喝的奶茶。

江若兰毕竟是单身，朱雨虽然碰了一鼻子灰，可还是不甘心。

盛夏，午休时，朱雨端来一盆凉水，坐在床边边洗脚边看他那台破彩电。是新闻，布满雪花的屏幕，夹杂着过道里“趿拉趿拉”的拖鞋声，搅得他毫无兴致。他“啪嗒”一声关了电视，转身拉开门，干脆让外面的声响鱼贯而入，同时也好让门外的风可以畅快地吹进来。他用毛巾擦干脚，趿拉着一双日本拖，就着洗脚水洗了袜子，然后转身将洗好的袜子挂在窗口的简易晾绳上。

这时，他把窗户全部打开，并把头伸出来凉快。窗外，他看见左侧女生宿舍楼后面的晒衣场上正挂满花花绿绿的衣裳，迎风飘荡。他怎么也不会想到，在他缩回头的时候，上铺兄弟挂在晾绳上的干袜子，会被开门吹来的过堂风给卷到窗外面。

外面风很大，那双雪白的袜子在空中飞舞，忽上，忽下，忽左，忽右。因为是北风，袜子飘了一会儿，开始向女生宿舍楼后面的晒衣场悠悠飘去。朱雨大声说，哥们儿，不好，可转身却看不到一个人影——大家都出去打热水了。无奈，他只好转身下楼了。

一个有趣的场景很快就出现在了女生宿舍楼口。一个穿大裤头，光膀子的男生，趿拉一双日本拖，满头大汗狼狈不堪地在女生宿舍楼下盘桓。在艰难穿过人流和人们鄙视的目光后，朱雨才来到宿舍楼后面的晒衣场入口处。这时，他倍感自己的脸滚烫滚烫的，仿佛还挂着粉色的云朵。

他四下望了望，是正午，阳光毒辣，晒衣场里空荡荡的，除了随风飘荡的各色衣服，一个人也没有。他壮了壮胆子进去了。在女生宿舍楼后面的晒衣场，他弯腰低头四处搜寻，转悠半天，终于在晒衣场东南角找到了阿峰那双42码的运动袜。他低头拾起袜子，转身往外走，忽然就瞥见一件熟识的裙子。

一件浅蓝色绣有白色荷花的裙子，在不远处的晾绳上挂着，被风鼓起，飘舞。

这让朱雨忽然想起了被小狗惊吓得乱跑的江若兰。

那天，朱雨快速逃离女生宿舍楼晒衣场的时候，遭遇了史无前例最最恶俗的泼脏水事情。在宿舍楼口，在他快速离开、但身体还没有进入楼道里的时候，一盆脏水正好从上面如瀑布般而下，不偏不倚正好浇在他的头上，然后，水就顺着他的脸、头发以及裤管流下来。他咬牙闭住眼睛，为了不让脏水进入眼睛里。这时，他仿佛看见一场盛大的喜剧猝然上演，而台下，爆发出来的，是人仰马翻的笑。

那天下午，学校的告示栏里，出现了一则奇特的寻物启事。朱雨围过去看时，发现已经有很多同学在此驻足，挤过去，他看见黑板醒目的位置用大黑体字写道：今拾到蓝色裙子一件，上面绣着白色荷花，请失主速和中文系 2006 届三班的朱雨联系。过期不候！

朱雨无论如何都不会想到，那件事情，后来会搞得他很狼狈，很伤感，很被动。最终的结局是，音乐系的江若兰到政教处告中文系的朱雨，说他偷了她的裙子，还冒充好人。朱雨咬牙切齿又无计可施。不过，学校最终因为没有证人出来作证，让他向人家江若兰赔礼道歉，并附交学校一份检查了事。

4

朱雨暗恋江若兰，成了全校的热门话题，纷纷扬扬了一阵子，几乎蔓延了整个夏天和秋天，直到被秋风扫尽了校园里那几棵白桦树上的叶子后，才随秋叶一同飘零，落败到毫无声息无人问津的地步。

后来，朱雨再遇见江若兰时，就低头，弯腰，绕道，快速逃离，如同一只受了惊吓的兔子。

遭遇泼脏水事件和道歉事件，许多人都以为，朱雨至此肯定会罢手。这可谓是校园版的“艳照门”事件了，称得上足够的轰动与撼人心魄了。后来连朱雨自己也认为，自己那分残存不多而仅有的一颗刚刚萌发出来的自信心的小嫩芽，也被江若兰无情地给掐没了。

庆新年的联欢晚会要到的时候，学校准备文艺演出。各个系都要出节目，允许合作。那时，中文系不知道谁出的馊主意，说要和音乐系合演一台话剧，剧本由中文系捉刀，而主要演员来自音乐系。当然了，中文系也要派几个演员象征性地来补充阵容。稀里糊涂的，这个建议竟然通过了。当时，朱雨曾经极力反对的，说为什么呀，我们就不能独自出一个节目吗？有人就问，你能唱歌还是会跳舞？这句话一下子堵了朱雨的嘴。何况我们中文系有才子呀，写个剧本还算问题？当然了，音乐系也不乏能歌善舞的美女，演戏也应该不在话下。群起而攻之后，朱雨再也无话可说了。

说是有才子撑着，可写剧本的事在中文系很是费了一通周折。转了一大圈，没想到最后落在朱雨头上。朱雨说，你们不写干吗要我写，我不写。可大家不依，说谁让你是才子，谁让你发表了几篇文章呢？朱雨被呛住，无话可说，乖乖接受任务。教写作课的那位上课废话连篇的贾老师也站出来表态，说有什么困难去找他，他可以帮忙的。

剧本的任务交给了才子朱雨没几天，他就把《霸王别姬》的剧本拿出来，他谁也没求。经过大家一番修改后，开始提交音乐系审查。音乐系的美女们反馈过来的意见是剧情可不可以改得现代感更强些，于是双方见面开始商量剧情细节的修改。

还要修改成现代版的？张爱玲的文笔就够现代，还可以怎么改？朱雨有些不忿。但后来，他还是听了大家的意见，老老实实地改了。

出于演出效果的考虑，双方商议，虞姬由音乐系的江若兰担纲，男主角当然要从中文系里阳刚的男生里挑选了。一切都向顺利的方向发展，所有的演员很快敲定，道具服装也很快到位。组织排练的活动就安排在音乐系里的小舞蹈室里进行。离节目开演还有一个星期的时候，出了乱子。排练到最后的关头，主演霸王的男生家里出事了，男生不干了，要请假，最后的霸王落到没人饰演的地步。辅导员找到朱雨的时候哭丧着脸说，你写的剧本，你来收拾这个烂局面。朱雨推辞不演，那个秃了顶的系主任就跑来说，你撑也就撑十来天，别怕，演砸了算我的。无奈，这个角色到了出演前几天，临阵换人，竟然临时推到了朱雨身上。

虽然是临时抱佛脚，但朱雨领悟得很快，没几天就能表演得恰如其分。那动作，那身架，那说话的强调就活脱脱一个当年威风八面的楚霸王。

传言，《霸王别姬》由朱雨和江若兰主演后，大家的兴致立刻倍增，许多人还偷偷跑到小舞蹈室里看排练。不能进去，他们便扒着窗往里面探头缩脑。元旦晚会的演出当天，所有人最期盼的节目，毋庸辩驳，自然就是这出《霸王别姬》了。因此，那个节目排在了所有节目的后面，成了“压轴戏”。这样的期待，让剧组的演职人员很是兴奋一阵子。

元旦文艺演出在众人的期盼中终于来到，别的节目结束后，终于等到了压轴戏上场。

演出一开始，台下鸦雀无声，只见舞台上帷幔轻轻拉开，咿咿呀呀的音乐慢慢响起。舞台中央闪现出霸王在帐中疲惫看地图的情景，美丽的虞姬身披红色的斗篷，腰佩宝剑，守护在霸王左右。屋里的灯光有些黯然，她悄悄走上前，轻轻挑亮烛台。外面的厮杀进入关键时刻，霸王曾躺下来休息片刻，又起身了。帐外不时有士兵进入，报告最新的战情，霸王不停地传令，虞姬不时会过来为霸王披上衣服，问候一声，大王，该休息了……

整个剧情进入了高潮，是当军帐外响起四面楚歌的时候。霸王拉着虞姬的手，走出帐外。此时，夜色黑沉，冷风呼呼地吹着。霸王一声哀叹，拔出宝剑，悲愤又失望地说，大势已去，让我如何去见江东父老？然后就喝令门下，拉马拿剑，冲出去杀他个人仰马翻。这时，虞姬轻缓地走来，抱住霸王的后腰，轻声说，大王，不要离开。

演到此处，台下就有一阵子骚动。

虞姬轻转身旋到霸王面前，一往情深地望着霸王。别离时，千言万语也无法表达的爱恨情愁、绝望与不安等复杂的情绪一涌到虞姬脸上。在霸王一时愣住不知如何回应时，虞姬踮起脚尖，轻启朱唇，在霸王的左腮点了一下。鲜红的唇印就赫然印在霸王脸上。

一支利箭，突然疾驶而来，在虞姬身后射入，正好将他们连接成一个整体。

当霸王和虞姬唱着歌，在台上应声倒下的时候，整台话剧结束了。

接着，台下响起了经久不息的雷鸣般的掌声。

那次表演，如此雷人的结局，竟然没有人起哄。或许，大家都被表演者的真情流露所感染吧。

5

江若兰正式接受朱雨，应该就是从那台话剧《霸王别姬》开始的吧——所有人都认为，那场戏，两个人纯粹是假戏真演，动了真情。

经过整整一年的考验，朱雨正式成为江若兰的男朋友。朱雨渐渐摆脱那些无聊的 VCD 及 DVD，开始融入到大家的主流生活里。无聊时刻，朱雨会要求江若兰给他唱些肉麻的情歌，江若兰则会反过来要挟他为她写些好看的言情小说。

直到有一天，朱雨把嘴巴凑到江若兰的耳边说悄悄话。那次，他告诉江若兰，其实她到冷饮店，只是想将她的旧恋情冷藏到她的胃里。其实，那次丢裙子事件，是朱雨故意设计的圈套，表演霸王的那位同学后来并没有真的请假，而是他花了大价钱将他拿下的。为此，他付出的代价是整整两个月的生活费。

江若兰看着他就笑，表露出来一副鄙视的样子。她嘲笑他，问，那么蹩脚的点子你是怎么想出来的，偷裙子有你这么偷的吗？要不，为何会有人向你头上泼脏水？

朱雨有些不屑，问，一定是你搞的吧？那水是洗脸水还是洗脚水？江若兰只笑不答。

朱雨开始大笑。他说，如此这般，不是因为我愚蠢，而是我要明文天下，告知大家，你江若兰已经被人盯上了。其他人就别打主意了。

江若兰就冒出一句，无赖，蛮缠，简直就是变态。

朱雨仍是一副得意扬扬的样子。简直就是街头无赖小青年。

6

第二年暑假，朱雨死皮赖脸地要江若兰带他到她家玩。江若兰推辞再三后，勉强答应。

那天，一进江若兰家，朱雨阳光灿烂的脸就拧成了麻花。一只毛色雪白四肢短小活泼可爱的小狗迎面扑来，钻进江若兰怀里一阵子亲热。朱雨忽然呆住了，一副欲哭无泪的样子。

朱雨大呼起来，江若兰，你竟然要我？！

原来，每一场盛大的爱恋都会风波不断。

爱情里，究竟谁是主动，谁是被动，真的很难说清楚。当暗恋碰到了蛮缠，除了风波，还会有多少爱和计谋在心里涌动。

矜持，似乎永远是女孩儿的专利！而蛮缠，简直成了男生的不二标签和杀手锏。

相遇少年时

那是暮春的一个傍晚，四周是沉沉降落的暮气。她独守闺中，在逼仄的卧室里坐立不安，心惶惶的，像在等一个久未见面的故人。

她的心中装有一面小鼓，急急地擂着，潮红的脸，有细密的汗润湿了皮肤。那张盛妆的脸因为过于激动走了形。她这样子许多天了，连她自己都不甚明白自己为什么会这样。有种日夜难眠坐立难安的煎熬。

她移步窗边，隔窗观望，那时候窗外正淅淅沥沥下着春雨，绵绸又细长，像一幕流动的雨帘。远处的街景隐在雨帘后面，蒙蒙的雨雾，模糊了行人匆匆疾行的身影。唯有那些五颜六色的伞被风吹起，四处流动着。

在焦急的等待中，她果然接到了一个陌生来电。犹如约定好了。她急切地摁下接听键，生怕那个陌生来电会消失。

她说，喂！您好！

那边也是，喂！您好！是一个好听的男中音，温柔中略带沧桑。那声音她感觉既陌生又熟悉，仿佛从时光深处传来。电话来得既突然，又在意料之中。接电话时她先是一惊，然后笑了，眼角的鱼尾纹瞬间聚拢成一条条河流，欢快的河水，在河道里哗哗地流淌。所有细密的心思，那一刻如莲花般绽放，庄重且圣洁，瞬间把她灰暗的心点亮。

挂了电话后，她抚平心绪，走进洗手间。她卸了妆，洗净脸，重新上妆。略施粉黛，镜子中便是一张青春逼人的脸。

是一场久违的约会，她在内心期待了很久。她嘴角勾起来，没有犹豫，就应了下来。

约会定在她家楼下不远处的一家咖啡馆。咖啡馆外墙灰色的古砖给人一种怀旧感，里面播放着淡淡忧伤的音乐，隐隐流淌在每一个人心上，有一种雨雾蒙蒙的忧伤。

下楼梯的时候，她想起了那个少年，想起那个春天的午后，7岁的辉牵着她的手，奔向小巷外口的小河边。那时候她不过六岁，一张白皙可爱的脸上写满了纯真与无邪。真是一段无法忘怀的童年岁月啊！那是他们第一次见面，第一次去河边玩耍。他们看见河面不宽，浅水处的石缝里有小鱼游来游去，就急匆匆挽起裤管下河捉鱼。他们欢快着，叽叽喳喳争抢着下河，稚嫩的脚丫还没有触到河水就被大人的呵斥声逼退。上了岸，他们相对而视，会心一笑，牵着手，飞一般向家的方向奔去。那对少年的身影就如旗帜在风中飞扬。如今那风中的身影成了泛黄的黑白照片，遗落在记忆深处了。可至今她依然记得初见时他的样子，黝黑的脸上有一双大眼睛和两道弯弯的眉毛，张开口时，她看见他两颗门牙处是一处空虚的洞。他怕羞，笑的时候总抿着口，但她还是看见了那个黑黑虚空的洞，以及他脸上隐在黝黑的肤色里让她无法忘怀的麻子。

下了楼，她走在暮春的细雨中，撑着一把花伞，风中是幽幽的雨水味和隐隐的花香。咖啡馆里落座后，她伸着脖子向外张望着，心头有一团火正烫着心尖，灼灼地痛。她期待一张脸的出现。可对面那张凳子上是空的，她有些失望。在她回头的瞬间，看见一个顽皮的小男孩蹦蹦跳跳地跑过来，坐在她对面的椅子上。那孩子约莫六七岁，有一张黝黑的脸，一对大眼睛，一对弯弯的眉毛，脸上也有细密的麻子，看样子像刚从乡下归来，一身泥土的芳香。好像少年时候见到的他呀。

你好。

她浅笑低眉向他问候。

男孩子浅浅地笑，说阿姨好。这时候她看见他门牙上空虚的洞。

她笑了，她从他脸上看到了辉从前的样子，一如当年，一如当年她还是一个小姑娘，他牵着她的手飞奔在春风中，野外的暖风扬起他们的黑发。

她迟疑了一下，笑着说，辉，你好！

男孩子似乎意识到了什么，羞涩起来，抿住口，不语。只是不停地笑。

好久不见。她咬着嘴唇轻轻对他说，一汪清泉，已在眸中汩汩地冒。

望着男孩子，她又想起许多过往，想起辉爬树时的样子，想起他骑着自行车驮着她在小镇的巷里疯跑时的背影，想起他给她写的信，想起她出国时离别的身影……

后来，眼泪模糊了双眼。她取出一块棉质手帕揩去泪水，笑了一下，说，不好意思，真对不起，失礼了。

她笑了。她以为现在她是那个6岁的自己，又遇到了7岁的那个少年。

可是眨眼间，对面的位置又空了。她转头四处张望，那孩子的身影消失得无影无踪，仿佛不曾来过。她感觉是一场梦，自己的灵魂出了窍。她有些不信，取出手机查看通话记录，傍晚时段竟然是一片空白。她长长叹了口气，像是要把30岁丢至岁月深处，从头再来。

那叹息中，有小小的伤感，有小小的遗憾，有小小的期待，也有小小的满足。

后来，她平复心绪，目送窗外，凝神静气想了一会儿，然后结了账，向外走去。

这时候电话响了，她接了。她说，别着急，这就过去。她想起来，男友，不，是未婚夫，早晨来电，约她晚上到一家西餐厅细谈婚宴的一些细节，现在他一定在西餐厅等急了吧！

再过几日，她就成了别人的新娘。未婚夫是朋友介绍的。未婚夫长得高大帅气，白白净净，有体面的工作和优越的家境。她没有任何拒绝的理由。

她收起忧伤，撑着伞，走在雨中，去赴另一场约会。那是一场无法割断的现实强加给她的约会。她终要接受，无法逃脱。

为梦想而嫁

玛丽·托德出身于一个显赫的门第——托德家族。曾祖父是一位美国独立战争时期战功显赫的将军，而父亲则是少校军官和银行家。优越的家境让玛丽得以接受良好的高等教育，并使她的生活和社会高层的权贵有着不可分割的联系。

少女时代的玛丽，是一个爱出风头、活泼大胆、做事泼辣的女孩儿。她是家族子女中，最有抱负的一个孩子，自幼就对权力极其崇拜，而她一生中最大的愿望，就是做美国的第一任女总统。

1839 年，风华绝代，已经 21 岁的玛丽，在接到姐姐的一封来信后，心花怒放，激动不已。随后，她找了个理由辞别了亲爱的父亲和不睦的继母，只身来到边疆——斯林菲尔德。年轻的玛丽为什么会突然作出如此大胆的决定呢？原来，这位伊利诺伊州州长儿子的夫人，在信中除了嘘寒问暖之外，还向妹妹透露了一个好消息：这里正在形成一个新的政界群体。玛丽当然为之所动——她要到那里寻找属于自己的幸福，并为实现她的人生梦想而“奋斗”。

到斯林菲尔德之后，玛丽先借住在姐姐家。在姐姐和姐夫的帮助下，她开始四处结识当地的政界要员。而这些人中，不乏年轻未婚而才华横溢的青年。

在第一场舞会上，玛丽就以典雅大方的气质紧紧吸引住了众人的目光，成为一道最亮丽的风景。大家发现，舞会中突然闪现出一位年轻漂亮的贵族小姐。她皮肤光洁柔滑，美丽的长发漂亮地打着卷，而考究的长裙走起路来摇曳飘逸，熠熠生辉。舞池中的玛丽显得朝气蓬勃，活泼可爱，她舞了一曲又一曲，所有的年轻人都在极力讨好她，邀请她跳舞。

很长一段时间，玛丽小姐就和身边这些形形色色的年轻男子交往着。但大家都搞不懂她的心思，因为，她既不注重男性的外表，也不注重他们的风度，更不注重他们的家庭，也不在乎他们的财产。不久，她渐渐疏离了旁人，最后将目光落在了众人中最有才华的两个人身上——林肯和道格拉斯。这两个人，无一例外，都是家境贫穷，出身低微。

小个子的道格拉斯，是当时的政治新星，被人们尊称为“政治小巨人”。他自信，精力充沛，一开始就对高贵的玛丽小姐心动不已，随后就展开了强烈的爱情攻势。而生性忧郁略显自卑的林肯，却有些害羞，行动迟缓。

不久后的一天，道格拉斯只身来到玛丽面前，单膝跪地，手捧钻戒，郑重地向她求婚：“玛丽，嫁给我，你将成为总统夫人。”而玛丽看了他一眼，几乎不假思索地拒绝了他：“我会成为总统夫人的，但不会成为道格拉斯夫人。”

拒绝了道格拉斯后，玛丽开始将爱情的天平向身为律师、州议员的林肯倾斜，并以闪电般的速度和他订婚。因为，她早就看中了他那与众不同、富有智慧的头脑。

玛丽的做法，引起了姐姐和姐夫的极力反对。他们曾不满地对她说：“玛丽，你疯了！”

这位受过淑女式高等教育的贵族小姐作出的抉择，的确令所有人都惊奇不已。在众人看来，丑陋的林肯除了个子高些外，其他地方根本不能与政治新秀道格拉斯相提并论。而玛丽和林肯在一起，简直就是一朵鲜花插在了牛粪上。

当玛丽狂热地追求林肯时，事情却开始悄悄向另一个方向发展。随着两个人交往的日渐深入，林肯那颗敏感的心却愈加不安起来。玛丽许多时候显得盛气凌人，蛮横无理，而且脾气暴躁。而林肯追求的是一位能够令他心生爱怜的温柔女性，显然，面前这位野心勃勃善于社交的玛丽小姐，不合他意。

订婚之后的林肯，忧郁不决，内向害羞的性格迟迟让他无法开口回绝这桩婚事。其间，有一次，林肯曾经向玛丽委婉道出了分手的想法，可很快他就收回了自己的话。因为，泪流满面的玛丽，让一向善良又富有责任心的林肯心软了。

玛丽急迫地想和林肯结婚，林肯一时又找不到借口拒绝。于是双方商定，把结婚时间定于新年的第一天—— 1842 年 1 月 1 日。婚礼当天不得而知，这位出身名门的贵族小姐身披华衣，在人们的簇拥和赞美声中显得异常幸福。而婚礼，自然华贵丰盛，场面宏大，宾客满座。但婚礼当天，意外的是，新郎并没有出席。林肯托人送还了结婚协议书后，就不声不响地躲了起来。婚礼在缺少新郎的尴尬气氛中落幕。

林肯就以这样的方式，解除了与玛丽的婚约。玛丽在遭到了巨大的羞辱后，并没有太过悲伤——她先是乘火车，心平气和地出去游玩了一段时间。回来后，她依然不想放弃林肯，就在公众场合表态说，虽然发生了一些不愉快的事情，但她并不觉得林肯令人难以忍受。如果命运把他们二人拴在一起的话，她一定有办法让他们重归于好。

果然，没多久，两个人在朋友的撮合下，又开始频繁交往。林肯在经历了内心的苦痛挣扎之后，渐渐平静下来。经历了几次情感失败的他，此时，对爱情早已心灰意冷，感到无路可逃。在玛丽执着的攻势下，他只好缴械投降。

同年 11 月 4 日，33 岁的林肯和 24 岁的玛丽，在斯林菲尔德完婚。婚后，出身高贵的玛丽随林肯一同住进了简陋的廉价出租屋，过起了简单贫寒的生活。一年后，在妻子的鼓动下，林肯结束了 8 年州议员的政治生涯，来到首都华盛顿发展。4 年后，他当选国会下议院议员。此后多年起伏不定，但在妻子背后的支持下，他一直没有放弃在政治上的努力。玛丽和林肯结婚 18 年后，她终于看到了自己人生愿望得以实现的曙光。

经过不懈努力，1860 年 11 月，林肯成功当选为美国第 16 届总统。大选揭晓的当天晚上，玛丽因为抵不住疲劳，先回家休息了。当选举结果出来后，林肯放下一切，匆匆忙忙回到家里，激动地叫醒了正在沉睡的妻子，将这个好消息告诉了她。玛丽听到这个消息后，当即喜极而泣，泪流满面。

这位一生致力于追逐权力的女人，在那个时代，是不可能成为女总统的，但最终，她用另一方式实现了人生的夙愿——入主白宫，成为白宫的女主人。而这种令人不齿的方式，就是不惜一切，凭借执着与慧眼，为梦想，嫁给一个可以实现她人生目标的男人。

与其说她嫁给了林肯，不如说她嫁给了自己的梦想。虽然，在她的激励下，林肯最终成为了一位伟大的总统，但她也为林肯带来了 23 年不幸婚姻的噩梦。

第三辑

井水之爱

住在这座院子里，每天太阳升起来的时候，她都要坐在井栏边对着那口水井说一会儿悄悄话。那时，她目光安详，神情安然，阳光洒落在她的脸上，映出一脸金灿灿的笑容。

隐　瞒

她爱他，就嫁了他，做了他的新娘。而他贫穷，曾让她受了很多的苦。他总以为不能给她富足的生活而耿耿于怀。她却对此并不在乎，爱他始终如初。

那年，村里有许多青年到南方打工，回来后都一个个神气十足，很快就给家里翻盖了新房，置办了新的家电。他看了，很是羡慕，就和她商量，也随着他们出去打工，好改善一下家里的生活，改变一下窘迫的生活现状，让她过上幸福的生活。她同意了。

他走时，她送他，依依不舍。

她在家想他，无数个夜里，在梦里唤他的名字，盼望他早日归来。她其实并没有如他所想的那样，想随他过怎样大富大贵的生活。她只想和他相依相爱，过简单平凡的日子——有爱就好。

虽然想家，三年后，他才归来。满载而归，除了大把大把的金钱，他还给她带了许多漂亮的小礼物。她高兴不已。

晚饭的时候，她为他做了满满一桌子菜，还烫了一壶小酒。看她在厨房里欢喜雀跃的样子，他的脸上荡漾着欣慰的笑。终于可以开饭了，他唤她过来一块吃。她告诉他，还没有为他盛饭呢。当她拿起家里那个他常用的大碗的时候，他却阻止了她——你休息一下吧，让我来。她愣了一下，心里一片温暖。而他并没有去接她手里的那个有些破旧的大瓷碗，而是转身，从行李包里取出一个精致的印有蓝色小花的瓷器，还有一双雕花的筷子。他淡淡地说，这是我在外面的专用碗筷，不用就是浪费，况且用自己的碗筷，卫生。那一刻，她忽然听到胸膛里有玻璃破碎的声音，尴尬一笑，转身掩面时，泪水早已夺眶而出。

那天夜晚，他出奇的平静，没有拥抱她、吻她，只说累了，便倒头就睡。她却失眠了，一夜没有合眼。

他出去三年，变化其实挺大的，虽然对她还如从前那样关怀有加，但她能感觉出，他的心早已飞了。尤其是那个碗和那双筷子，让她觉察出些异样。她的心堵得慌。她开始不安起来，一夜的辗转反侧，难以入眠。她想，他是嫌弃她了吗？

她开始因此伤心失落起来。一同出去的人，传来的几句看似玩笑的闲话，更让她恐慌、害怕。她终于明白，他在外面有别的女人了。这次回来，只不过是和她之间做一个了断罢了。她能从他那躲闪不安的眼神中，窥视出来。她心灰意冷，心生痛恨。

她和他开始心生隔膜。而他看上去，对她更加的关心了。她想，那只是一个假象。

那天晚上，洗碗的时候，她故作粗心，将他的那个碗打碎，将那双雕花的筷子掉进了泔水桶里。她告诉他时，他只是惋惜一笑。她心里忽然又亮起一丝亮光，又对他重新抱一线幻想。

第二天吃饭的时候，令她伤心失望的是，男人又小心翼翼地将新买的碗筷放在饭桌上了。那一刻，她痛彻心扉，终于决定，先于他放手。

夜晚，格外寂静，而她的心却不能平静下来。她看他入睡，然后悄然收拾行李，轻轻推开屋门，向外走去。夜如此的寂静，她的动静其实并不小，而他对此却毫无察觉。转身离去的那一瞬间，她终于明白，那些白日里表现出来的所谓关心，并不真的发自他的内心。她绝望了，挥泪转身而去。一路上，她都在痛斥他的负心。

只是走了没多远，她便想起来，不能就这样轻易便宜了这个负心汉。她决定回去，拿走那部分属于她的钱。

回去后，她从他带来的包裹中，很轻松就找到了他放的钱。她只是从中抽了几张。那一刻，她的心冰冷而疼痛。当她的手要缩回去的时候，听到向里翻身的声音，接着就是出奇的安静。他没有醒来。她转身，想看他最后一眼。借着窗头微弱的月光，一瞬间，她看见他面朝里面，微弓着身体，显得那样的单薄，她能想象出他在外面的艰辛……当她将目光移向他的头发时，从他的枕头边，隐约望见了一个小笔记本露出的一角。她心头一惊，想，这里面难道记有男人不可告人的秘密？

那夜，她带着钱和一个写满秘密的本子伤心匆忙地走了。她连夜赶路，走到最近的公路，然后赶车到火车站。她决定到远方，和他彻底的决绝。

她买了火车票，等车，泪水一如泉涌。伤感中，借着车站的灯光，她决定取出了那个装在怀里的小本子，打开阅读，寻找男人内心的那个“秘密”。只是在她打开的顷刻间，两行热泪便滚落下来。

原来，那是一张“医疗诊断书”，她清楚地看到上面写了这两个字——乙肝。

你到底爱不爱我

王大柱是一个地地道道的农民，在农村靠几亩薄田艰难度日。眼看着两个儿子一天天长大，家里还是一穷二白，要啥没啥，心里急得慌。

日子实在艰难，王大柱就跟老婆商量，提出出去打工，老婆同意了。过了春节，他早早就随村里的男人出去了，到远方的大城市打工了。

王大柱出去打工半年多了，果然不辜负老婆和孩子一片殷殷期望，每月都向家里寄钱。他总共往家里邮寄了六回钱，头三次一千，后三次五百。虽然和同村的男人相比，是少了些，但是，王大柱的老婆看在眼里喜在心里，并没有嫌弃他。

半年后，王大柱用打工赚来的钱买了两部廉价手机，一部自己用，一部让别人捎回老家给老婆用。平时舍不得打电话，就发个短信，报个平安。每次家里来短信，他都异常高兴。他喜滋滋地往家里打电话，每次通话都让老婆和孩子很是高兴一番。

当王大柱决定在城里大干一场的时候，突然遭遇了百年不遇的全球经济危机。

因为经济危机的缘故，他所在的那家私人小厂，很快面临着倒闭的窘地。经济效益不好，老板开始辞退人，王大柱成了首批被辞退的工人。带着哀伤和手里单薄的几张钞票，他开始往家返。

一路火车一路汽车，回到家的时候，已经是深夜。他疲惫不堪地敲开了家门，发现老婆和孩子没有睡觉，他心里就热乎乎的。老婆刘香香微笑着给他去烧热水，两个儿子也上来嘘寒问暖。当一盆滚烫的洗脚水放在他面前的时候，他怀里的手机滴滴响了起来。刘香香问他，谁的电话。王大柱笑了，冲着老婆说，是短信。刘香香就眉头一皱，说黑灯瞎火，这么晚了，谁还会找你？王大柱也随声附和说，就是，就是，这么晚了也不让人休息。不看了，不看了，等明天再看吧，也省得不小心落水里。

他刚要揣起来，刘香香高兴地提示他，是不是老板让你走，现在他反悔了，要招你回去？……或许是厂子又有了订单，人手不够？你快看看。

看着老婆不放心的样子，他就从怀了掏出那部廉价的手机，打开短信，仔细看了起来。

刹那间，他愣住了，赶忙合起手机往怀里揣。刘香香不干了，问，到底怎么了，你怎么不说呀？他尴尬地说，没什么，没什么。刘香香生气地说，不行，拿来让我看看。王大柱就推脱说，等明天吧。王大柱的异常反应引起了刘香香的警觉，她不依不饶硬要看。这时，他的两个上中学的儿子也开始帮母亲说话，说就让俺娘看看又能咋样？

无奈，王大柱只好从怀里颤巍巍地掏出手机，让刘香香一把抢去。打开手机，手机屏幕上一行文字映入刘香香的眼帘：亲爱的，你在哪？想你了。落款是“想你的芳”。这条短信犹如一声惊雷，一下子在家里炸开了锅。刘香香羞愤难当，指着王大柱的鼻子破口大骂——好你个不要脸的，才出去几个月就在外面偷女人了。你说，她是谁？你说，快说呀……王大柱一下懵了，张口结舌，一时哑口无言不知所措。看着老婆在屋里又哭又闹，一不小心，他一脚将脚下的一盆洗脚水踢翻，脏水淌了一地。此时，两个儿子也从母亲手里看了短信，异常愤怒。

愣了半天，王大柱才从家混乱的场面中回过神来，张口结舌话不成句地解释：那个女的我不认识，我真的不认识。他老婆就呛他一句，你还知道是个女的？王大柱就赶忙说，不，不，不知道。

她到底是谁？看你们热乎的，你一到家，她的电话就到了。刘香香质问他。

王大柱听了老婆的话，急得额头直冒汗——就是再长十张嘴，他也说不清楚。

那天晚上，大家不欢而散，老婆气哼哼地走进里间睡了，他只好在堂屋地上打上地铺草草睡去。

天一亮，刘香香就把王大柱从地上揪起来，吵着闹离婚。刘香香说，我终于想明白了，为什么你的钱寄的越来越少了，一定是养情人了。不听他辩解，刘香香又开始收拾东西。王大柱忙追上去说，你怎么不相信我？我真的不认识她。不相信你打电话问问。刘香香才不上当，一边往外走一边说，你们一夜之间什么不能串通好！

看老婆一副不信任的样子，王大柱只好硬着头皮自己给那个陌生的电话打过去。他找到那条短信，抄下号码，然后带着气愤的心情打过去，打了半天，手机里的提示音响起：

对方已经关机，请稍候再拨。他生气地挂了电话出去了。

东转西拐他来到村西头崔老三家。崔老三和他一同出去打工，也一同被辞退回家。他想请他帮自己说说，证明自己是清白的。可刚踏进崔老三家，就听见刘香香和崔老三的一高一低嘻嘻哈哈的说话声。

“我问你，我家柱子出去，和女人鬼混过没有？”

“鬼混？谁不出去和女人鬼混？你汉子离开你半年了，你想，那滋味他会受得了？哈哈……不过，不过，我可不知道他真的做了些什么，你就当他出去什么都没做不就行了。”

听到这些话，王大柱的心彻底凉了，怎么才能和她说清楚呢？他一路盘算着慢悠悠兜着圈想办法。这时，刘香香已经在家等了。刚才那是虚晃一枪出去打探，现在她彻底铁了心和王大柱离婚了。她相信男人是会变的，虽然王大柱从前是爱她的，可现在他不爱了，他在外面有了女人。她写好离婚协议书，放在桌子上等王大柱回家签字。

王大柱回到家一看老婆这阵势，彻底傻眼了。知道刘香香的驴脾气，不拿出个证据来，她是不会善罢甘休的。他回家看了一眼桌子上的离婚协议书，转身就出去了。他躲到一个村头没人的地方，开始反复拨打那个陌生号码，可一连打了半天都是关机。

他哭丧着脸无奈地开始往村外走去。在村庄外的大路上，他搭乘一辆公共汽车往县城赶。天擦黑的时候，他到了县城，找了家旅店住下。他想好了，他决定第二天到移动公司查询一下那个号码，看看对方到底是何方神圣。

第二天，天一亮，王大柱就到了移动公司。查询的结果令他吃惊，那个号码的主人确实是个女的，而且号码还是他原来打工的那个城市的。他用手机给老婆回了条短信，说，我出去找证据证明我的清白，你等我回来。老婆很快回短信说，你走吧，和你的情人相聚吧，反正你是不爱我了。

王大柱赶上了当天发往那个城市的火车，马不停蹄地往他刚刚归来的城市赶。一天后，当他站在那座城市的大街上时，终于拨通了那个令他痛心的号码。可他刚问你是谁，对方就惊讶地叫起来，你是谁？我怎么不认识你呀？……那天，他和那个女孩交谈了半天，因为语言不通，谁也没有听明白谁的话。可王大柱最后总算听明白了点意思，对方说他偷了她姐姐的手机。

王大柱和女孩子真正见面是在派出所里。他被当做小偷了。经过一番了解，大家终于弄明白了真相。女孩子开始向王大柱道歉。王大柱说你别道歉了，我老婆现在正怀疑我在外面和女人鬼混，要和我离婚，你快给她解释清楚吧，不然我真的无家可归了。女孩刚要打电话，王大柱又让她打住了——他老婆是不会相信她的，那就麻烦派出所的民警出面当面解释清楚吧。

一天后，一辆警车停在了王大柱家门口。王大柱的老婆还以为王大柱出事了，慌慌张张迎出来。在王大柱家里，警察同志给刘香香当面解释，澄清事实。原来，王大柱的手机号码是女孩子的姐姐废弃不用的号码，女孩子的姐姐给她发了新的号码，可她没接收到。女孩子很久没和姐姐联系了，想给姐姐发一条短信问候一下，就发到那个老号码上。

刘香香听到这个解释后，抱着王大柱放声大哭，一边哭泣一边说，柱子，我现在相信你还是爱我的，我相信，我相信，我真的相信……

王大柱抱着自己的老婆，落下委屈的泪水，脸上慢慢浮现出幸福的微笑。

完美爱人

年志山 40 岁那年仍孑然一身。自从他 20 岁失恋后，他便失去了爱的能力。

20 年了，多少貌美如花的女孩子从他身边走过，他没有一次怦然心动。许多人说，他的心死了。他听了，莞尔一笑，转身离去。那是他心底永远的痛，伤疤每一次被揭开，对他都是一次残忍的伤害。他不想重提过往。

40 岁的年志山有一天忽然萌生一个奇怪的念头——学习美术，且专攻油画和雕塑。他开始拜师学艺，有那么一段时间，痴迷的要命，他丢下公司一摊子事儿，独身一人跑出去写生，天南海北地乱跑。

忽然间他从人间蒸发了，吓大家一跳。等他背着行囊一脸疲惫地出现在大家面前的时候，大家才深出一口气。有人说，年总，你吓死人啦，怎么招呼都不打一声就走了？吓得我们差一点报警！你再不回来，公司都撑不下去了，一摊子事儿等你拍板呢！

他淡淡一笑，问，是吗？告诉你们，我还走得了吗？

后来，他再突然消失大家就不惊奇了。各忙各的，知道过不了多久他就会回来。急也没用。

一年后，年志山在自己的大办公室后面开了一个小间，用做美术工作室。工作闲暇，他就躲在里面作画或雕塑，全是美女，高的、矮的、胖的、瘦的、白的、黑的，古典的，现代的，中国的，外国的，或浓妆艳抹，或清淡出尘。

起初，还有人咧着嘴挤着眼看，一副不忍卒读的样子，慢慢地，就有人开始噘着牙花、眉开眼笑地欣赏了，边看还边说，年总的技艺真是了得，画的跟活人一样。

年志山的脸就笑成了一朵花。

从此，公司里的人不当面叫他年总了，干脆就叫他“年画儿”。年志山并不恼怒，依旧我行我素。

年志山的美人画越画越精湛，有的被朋友讨去，装裱一番登堂入室挂在书房，有的还入了市里省里的画展，捧得大奖。

听说，年总还养了几个年轻漂亮的姑娘，做他的人体模特。私下里有人咬耳朵。他知道后笑着说，什么听说，就是真的。大家就开始坏笑。

可是，一切并不如大家想的那样走下去。他仍然那样活，单身一人，来也匆匆去也匆匆，身影无踪。那些模特却是走了一茬来了一茬，走马灯似的不停地换。别人不知道他心里想什么，可他自己清楚。不变的是对画画和雕塑的痴迷。

45 岁那年，有那么几个月，他躲在工作室里拼命地搞创作。他放出狠话来，任何人都不能打搅，否则跟他拼命。等他从里面推门晃悠悠走出来的时候，大家吓了一跳，整个人消瘦如柴，刮来一阵微风就能把他吹到天上。

工作室里狼藉一片，纸片和画稿散落一地，空气中混杂着浑浊刺鼻的快餐面和颜料的气味。工作室的中间，一个白如瓷器的美人裸体雕塑，映入大家眼帘，惊得大家把眼睛瞪得大大的。

真是太完美了，看一眼就让人想起了断臂的维纳斯，不，比维纳斯还要美。你瞧，那比例恰当、优美性感的身体曲线和青春无敌完美无瑕的面孔，看一眼，就让人魂飞魄散，无力抽身。

很快，年志山的美人裸体雕塑作品，在这座城市引起了轰动。大街小巷，茶余饭后，大家热议的都是他这个人和他的作品。征得他的同意后，市美术馆把这件作品作为镇馆之宝永久收藏。每天来观赏的人络绎不绝，人群中，总有一双孤寂落寞的眼神，在这件作品上，轻轻地抚摸再抚摸。

60岁那年，年志山还是孑然一身。自从他创作完成那件作品后，这么多年来，他一直在暗地里找寻这么一个人，和雕塑作品一模一样的女人。

可是，他从来没有遇到。总有人，或多或少有些相似，却不是他心中那个完美的女人。

有一天夜里，他在梦中梦见那座雕塑的石膏体正一片一片破裂成龟纹，然后哗啦一声巨响，碎片散落一地，一个裸体美人兀自从雕塑里走出来，走到他的床边，轻吻他的额头……

那个夜晚，他流着泪水醒来，老泪纵横。静静地躺在床上想了片刻后，他颤巍巍从床上爬起来，找到一把生锈的钥匙，从床头柜里取出一个盒子，吃力地打开。里面是一张泛黄的老照片。

照片中，是一个带着羞涩微笑裸露胴体的少女。

他拿着它，仔细端详着，忽然吃了一惊——照片中，她的样子，一颦一笑，和他创作的那件引起轰动的雕塑作品，竟然一模一样。

他想起从前。18 岁那年，最灿烂的人生年华，他是一名摄影师，而她是一名舞蹈演员。他们相恋了，爱得死去活来。20 岁那年的一天，他苦苦祈求的愿望终于实现了——她应允嫁给他。于是，兴奋异常的他软磨硬泡征得她的同意，躲过老板，偷偷为她在暗室拍下了一张珍贵的裸体照片。

那天拍完照后，他如常上班。她则恋恋不舍地离开。在回家的路上，她遭遇车祸，永远地闭上了眼睛。

往事，让他心潮澎湃，起伏难平。他紧咬嘴唇，哆哆嗦嗦，哭了。

他没想到——他试图用 20 年时光将她忘记，终究没有成功。他又试图用那么多其他女人的形象将她覆盖，到最后才发现，终究又是一场徒劳。他以为，他已经真的将她忘却了，事实上，她早已住进他灵魂的最深处。你看不见她，可她一直都活在他的心中。

梁实秋晚年的“柏拉图式”爱情

1974年3月初的一天，与梁实秋相伴一生的发妻程季淑意外故去，这让古稀之年的梁实秋倍感伤痛与孤独。之后，悲痛之中，他写就一本怀念妻子的书——《槐园梦忆》。

书写完后，梁实秋把它寄给台湾的远东图书公司出版。同年11月3日，应公司邀请，回台北校对清样。很偶然的机会，他和年轻貌美的台湾“歌星皇后”——著名影歌双栖明星韩菁清小姐相识了。从此，拉开了他晚年传奇的柏拉图式爱情的序幕。

那天，韩菁清随义父到远东图书公司讨要一本《远东英汉大辞典》。听说这本书的主编梁实秋先生正好在，便要老板引见。

彼时，虽然他们早已是家喻户晓的名人，可并不认识。初见梁实秋，韩菁清恭敬地称他为“梁伯伯”，而梁实秋却让她改口称他“梁教授”。在饭店里，他们边喝咖啡边倾谈。梁实秋说，曾经听过你唱的歌，不过第一次在电视节目中看到你的名字时觉得很拗口。韩菁清听后笑了，如实相告这名字的来历：从《诗经·唐风·杕杜》一句“其叶菁菁”里，取了“菁菁”两个字作艺名。因为用“菁菁”作艺名的人太多，于是改成“菁清”。

韩菁清竟然读过《诗经》，这让梁实秋倍感意外。再深谈下去，还知道她读过古文，能背《孟子》，喜欢书法，梁实秋更是欢喜、敬佩。

两个人谈书论字，越谈越投机，不知不觉中，已暮色朦胧。因韩菁清要到电视公司听课，他们才恋恋不舍地分手。

这次相遇和长谈，让梁实秋突然有种他乡遇知音的感受。而这一个下午，是梁实秋来台湾后唯一一个没有被忧伤所扰的下午。

同韩菁清的一席长谈，让梁实秋彻夜难眠。

翌日清晨，他一早就起床了，仿佛受丘比特的驱使，连早饭都没吃便按照昨晚韩菁清留给他的地址一路找去。

在韩菁清住处的楼下，他仰头而望。

可此时，她那间屋的窗帘紧闭着。梁实秋只好在楼下来回踱步，心中焦灼不安。

整个中午，那间屋的窗帘始终没有拉开。无奈，梁实秋只好失魂落魄地回到住处。午饭过后，他又来到韩菁清的楼下等待。下午，窗帘终于拉开。梁实秋满心欢喜，三步并两步冲上七楼，急促地敲开了韩菁清的房门。

梁实秋的突然造访，让韩菁清惊喜万分。她热情招待了梁实秋，并又和他长谈起来。他们谈莎士比亚，谈散文写作，话题漫无边际，包罗万象……交谈中，两颗孤寂的心渐渐靠拢。

之后的几天，梁实秋天天来访，让年轻的韩菁清不安起来。看着这个徘徊的身影，她慌乱又惶惑——那个迎着她健步而来的华发长者，会和她缔造一段真挚爱情吗?

她懂梁实秋的心，可梁实秋毕竟 71 岁，行将就木，他们还有近三十岁的年龄鸿沟，这一切都让她心生失望。于是，韩菁清写了一封信，列举了自己一大堆缺点，想以此拒绝他。可没有想到，这封信却激起了梁实秋狂热的执着与万丈热情。

此后的每天下午，从睡梦中醒来拉开窗帘时，韩菁清都会看到梁实秋在楼下徘徊的身影。每天，她都会收到一封他写来的语言炽热、情感真挚的情书。梁实秋还给她办了一份《清秋副刊》——把每天读报得来的时事趣事，抄写下来，供她一人阅览消遣。

梁实秋的真诚、勇敢与执着，终于感动了韩菁清。那颗经历了多年情感挫折、一直冻结着的心，终于被真爱感化了。他们开始了真正的恋爱。为陪韩菁清，梁实秋改变了早睡的习惯。白天他陪她聊天、逛街，晚上送她去电视公司上课，下课后又陪她吃夜宵。

1975 年 1 月，梁实秋要去美国处理前妻的死亡赔偿事宜，离别时，两个人约定：回台后立刻办理终身大事。

别后，身在异乡的梁实秋，开始对爱人苦苦思念。他每天给韩菁清写信，一日三封。为节省邮票，每页纸他都正反两面写，连信封的背面也写满了他热烈的文字。可他怎么也没想到，此时，在台湾，他的爱人韩菁清，正遭受着另一番煎熬——他们相爱的消息很快被媒体披露，报纸连篇累牍地报道，让身在台北的韩菁清独自处在风口浪尖。

“才子佳人”式的爱情很常见，可“白发红颜”的版本就另当别论。那个年代，影星歌星和“戏子”一样，是为人取乐被人鄙视的，更怎能与教授、文化巨匠、“国宝”相提并论？于是，各种猜测与诽谤开始在大小报纸上频频出现。韩菁清陷入了舆论的轮番轰炸之中。

3月29日，梁实秋回台，很快也卷进了这场风波中。《槐园梦忆》已经出版，捧着这本书流泪的读者，对他这样迅速的“转变”，怎么会不伤心失望？“悬崖勒马”“保住晚节”是许多朋友规劝他用得最多的词语。甚至还有一些朋友开始为他撮合婚事，代他物色了几个作家、教授之类认为适合他的女士。而他的已经有相当高社会地位的学生，竟然打出“护师团”的旗号，公开反对梁韩之恋。这让梁实秋啼笑皆非，痛苦不已。

这场“新闻风波”，最终并没有阻隔开两个相爱的人，反而把两颗心拉得更近了。

1975年5月9日，经历了情感的严峻考验，穿越舆论和亲情组成的惊涛骇浪，排除世俗偏见的干扰，梁实秋与韩菁清喜结良缘。

结婚那天晚上，两个人先是大笑大闹，随后相拥而泣。

婚后，他们彼此挚爱。两个人的情书并未因距离的缩短而中断，反而更加频繁了。韩菁清在生活上给了梁实秋无微不至的关爱，而梁实秋，充满创作活力，写了大量的新作品。

1987年11月3日，梁实秋先生病故于台北。这段幸福的婚姻，随着梁实秋的撒手人寰，美满结束。

许多人并不看好的婚姻，他们携手走过了13年的恩爱快乐时光。

1994年，时年66岁的韩菁清病逝。这段柏拉图式的爱情，真正成为一段永驻人间的佳话了。

冰心老人说：“一个人应该像一朵花，不论男人或女人。

我的朋友之中，男人中，只有实秋最像一朵花。”这朵“花”，一生中开放了两次。特别是第二次，梁实秋晚年与韩菁清的那段柏拉图式的爱情，使梁实秋的人生在最后时刻，仍然像烟花那般绚烂。

刻在掌心的名字

1

再见小安的时候已是15年后。他带妻儿从一家大商场上的楼梯，随着汹涌的人流往上涌，抬头间，猛然就望见了抱着孩子向上攀走的她。

他并没立刻认出她。十几年了，安早已被他在记忆中删除干净。何况，十几年后，大家的模样都已变得面目全非。

嗨，好久不见了！是安一眼认出的他。安先主动向他打招呼。

你好。

说出那句后，他一愣，感觉彼此好陌生好陌生，尴尬地冲她笑了笑，然后彼此擦身而过。

安擦身而去的一刹那，他不自觉地翻开左手的掌心，又看到了那个刻在掌心的紫色伤疤——安。他知道刚才是安，所有的疼痛的记忆，就在那一瞬间全部苏醒了。

2

初见安，十五年前。那时，他刚从大学毕业，带着青涩与梦想，被分配到家乡的一所小学任教。学校领导领他到楼上听课，从一楼慢慢走过去，一眼就看见了在一年级教书的安。那时的她扎着一对翘起来的马尾辫，一脸严肃的样子，正领着孩子们读书。他从她面前走过，她好奇地转过头来冲他望了一眼，微微一笑。他一直记得，就是那一笑，让他忽然有种魂飞魄散的感觉。

只一瞬，他便深深喜欢上了安。他喜欢她的单纯，喜欢她的调皮，以及假模假样的严肃。此后，他开始没事找事地找她。作为新人，有太多理由靠近她。理由当然五花八门，什么去听课学习了，向她请教问题了，等等。她从来没有拒绝过他。总是极其热情的接待，似乎他就是一个需要她格外关照的小弟弟。后来，他才知道，她是学校请来的代课老师，和他同岁。

作为新人，他主动要求安做他的帮教老师，学校领导满口应允了。他知道，安虽然只有高中学历，但教课的水平却是一流的，以致在此干了两年，中间几次提出离开，学校领导和家长就是不愿意放人，好在安喜欢孩子，一直便没有走。

在安的指点下，他教课的水平突飞猛进。不久，学校有一个到区里讲公开课的名额，安极力在学校领导那里推荐他。学校领导根据他的表现，把讲课的任务交给他，并嘱托安全程指导他。从此以后，他可以冠冕堂皇的和安在一起。大约有一个月的时间，他和安都很少按时回家。讲课的教案，安要帮他设计并反复修改，准备的教学具，安要帮他亲自做。常常忙到深夜，他才将安送回去。

他的那节公开课讲得异常成功。讲课那天，他要求学校领导一并把安带去——因为安在，他才心安。他站在一个大礼堂的讲台上给几百名同行上公开课，安就静静坐在台下第一排他目所能及的位置上。安静静地听他讲课，看他在台上流畅的穿梭和激昂的大声讲解，又看他走上领奖台，取走一等奖的证书。当他把证书抱在胸前的时候，他向台下的安望了一眼，匆忙间瞥见她眼中闪烁着的泪花。他想，安一定是在为他的成功而骄傲，但他也明白，作为代课教师的安来说，即便再出色，永远都没有资格登上这个光彩夺目的舞台。

3

他和安谈恋爱的传闻，不久被传得纷纷扬扬。但准确地说，他们应该是恋爱了。或者更准确地说，是他在深深暗恋着安。每天早上来校，他一定要到安的办公室见安，放学的时候也要亲自和安说声再见，方会安心。

但，安，调皮的安，聪明的安，可爱的安，此时却开始和他保持着不远不近不亲不疏的距离。他送她，她不拒绝。他不送她也不怪她，她脸上依然徜徉着快乐，没有半点忧伤。

在一个狂风大作的雨天，安没有带雨具，他邀安共撑一把伞回家。那天，雨很大，风也很大，他和安紧紧贴着身体冒雨前行，并小声快乐地交谈。在路过一个泥洼的路口时，安忽然趁势紧紧将他抱住。风雨交织的背景里，他看见安的肩头一直耸动着。

雨声里夹杂着安发自心底的悲恸的哭泣声。一道闪电打来时，安忽然推开他，冲入雨中……

那天，他不知道怎样回的家。安悲恸的样子像一个谜一直在他脑海里浮现。

4

第二天，风停雨住。但安病了。放学后他去她家里看她，她躺在床上强打精神冲他微笑，示意他坐下。安淡淡地告诉他，她要去远方工作了，是一个表姐介绍的工作，待遇还不错。他忍着没有流出泪水来，只好衷心地祝福她。回去的路上，他在想，这或许就是安那天哭泣的原因吧。安终究是舍不得他。

安来校向同事和所教的孩子告别。那天的场面，有些凄凉。走时，他悄悄约安晚上出来见上一面。安没有拒绝。

夜晚，在学校外面不远的一条马路上，他又见到了安。看见安装束一新，脸上浮现着开心的笑。崭新的淡蓝色的裙子，把安衬托更加清纯和可爱。

安，不走好吗？他低着头轻轻地问。

安笑着说，好啊，不过请给我一个理由。

他说，为了我，这个理由行吗？

安又开始沉默起来。长长的沉默，沉默里满是惆怅。

经过一段长长的沉默后，他鼓起勇气对安轻声说，安，为我留下来吧！我爱你！

5

记得，那晚分手的时候天已经很晚了。走的时候，安抛下一句冷漠异常的话。安说，其实，你不知道，我并不爱你，你只是和我从前的男朋友长得有些相像罢了。

安说得再明白不过。她爱的是过去爱人的影子，而不是他。

6

15年前的他，太过痴情了吧，以致安抽身而去后，无法自拔地陷入她留给的曾经的温暖中。

15年前的他，也太过单纯了吧。安拒绝他的那天深夜，他泪流满面地叫着她的名字在无人的马路上飞奔，狂喊。终于在没了力气后，在一个无人的路灯下停下来，瘫坐在地上，从口袋里取出一把小巧的水果刀，在和着汗水与泪水的左掌心，一刀刀刻进掌心……

“安”，一个红色的汉字，开始从血水的流淌中慢慢浮现出来。

他用这种残忍的方式，来铭记自己最刻骨的爱情。

7

后来的安，匆匆嫁了人。据说，他们的家在很远的南方的一个城市。

从此他再也没有见到安。他流过泪，在无数个夜晚，在梦里叫着安的名字惊醒。

随着时光的流逝，那个刻在掌心的名字，被他渐渐淡漠地忘却。

10年后，他离开家乡的那所学校，到一所声誉渐隆的私立学校工作，然后结婚生子，过着安逸平淡的生活。所有的关于安的信息，仿佛就不曾与他相干过，也真的永远成了过去。

后来，他常常在想，那些铭刻在心里的名字会被时光打磨得不留一点痕迹。何况，他这刻在掌心的名字呢？

8

见到安之后，他还是从一些曾经的老同事那里了解到了安的一些支离破碎的信息。

安结婚后第二年就离婚了……带着孩子回来后，至今未婚……安一直带着孩子在家乡和他教书的城市里闯荡……其实，安并没有所谓的和他长得相像的男朋友，一切只是她内心的自卑作祟并罢了。

后来，他就在心里问自己，究竟是安爱他多一些还是他爱安多一些。为何那个刻在掌心的名字，被风吹散了，而那个刻在心中的名字却被人擦拭得愈发明亮？

再后来，他常常在想，那次，他和安一定不是偶遇，一定不是。要不，为何，15年后，安能从人海中一眼将他认出。

想到这里时，他眼里的泪水又流了出来。

阿雅的春天

3月，桃花开得正盛。特别是连成片的桃林，姹紫嫣红分外好看。远远看上去，如一团团粉色的霞飘落天际，又似一大片一大片熊熊燃烧的火焰，灼人的眼。

阿雅喜欢粉色的霞带来的头晕目眩，更倾慕于火焰的热情，于是每年必去北方看桃花。

又是一年桃花开。为看桃花，阿雅选择一个绵绵的雨夜轻装简从搭乘火车，一路北上。

晚上，他坐在车厢里，透过玻璃窗户望向远方，看细密如针的雨丝绵绵不休地飘落，他内心的伤感便如潮水一般袭来。在长长的夜幕之中，火车“咔嚓咔嚓”地穿越南方长长的雨阵，把南方特有的湿漉漉的忧伤一路裹挟着带往北方。

天蒙蒙亮的时候，阿雅在一个北方小站落脚。再搭乘一辆人力三轮车穿过小县城灰蒙蒙的青石板路，奔向郊野。

那时候，经过一夜未眠的阿雅早已疲惫不堪，他的眼眶被夜色涂成了黑色。那一夜，他应是在回忆中艰难度过的。下了车后，春天的暖风吹得他眼睛都睁不开了。他站住，便又情不自禁想起那个桃园里卖花的少女，像是经历一个长长的梦，醒来后，唯有轻轻叹息了。

人力三轮车碾过小城的青石板路，扬起一片白色的尘雾。在吱吱飞旋的车轮声中，阿雅似乎听到有人向他打招呼，于是他轻轻揭开布帘向外茫然地张望。那一刻一群清瘦的女孩子的笑脸从他眼前倏忽闪过。他兀地觉察到，那只属于他的青春小鸟已经飞走了，再也不会飞回来了，便又在内心深处发出长长一声叹息。

阿雅每年都会在春天这个时候光临小城。一晃，十年竟然翩翩而逝了。他又忆起十年前，他还是一个白衣怒马的少年，有着南方男孩身上无法剥离的清秀。那时候在距离小城不远的一个大城市读书，在一个春天，选择独身慕名坐汽车来小县城看桃花。

为赶小城一年一度的桃花节，那天他逃了课。到了小县城，他看见青石板路上散满了粉色如霞的桃花花瓣，小城的空气中到处弥漫着桃花沁人心脾的清香。他仿佛活在梦境中。

终于到了桃园。熙熙攘攘的声音如波浪一般涌过来。落下脚的时候，他发现他置身于郊外一处偌大桃园的人山人海之中。然后，他看见游客如织的街道上各色小吃和杂耍，内心一片欢喜。

节日格外热闹。但阿雅不喜欢这些，孤单的阿雅只喜欢那满园的桃花。

于是，避开人群，向桃园深处走去。夜幕降临的时候，他开始返回。桃园外街道上热闹的人群已经散去，他看见街道上到处是桃花遗落的花瓣，他内心的忧伤便潮水一般涌来。阿雅是爱花的君子，他为这些不齿的举止而愤怒。

抬眼间，他忽然看见一个挎着花篮的少女立在远处。她看上去年龄十六七岁的样子，粉色的面颊，湖水一般清澈的双眼，臂弯处一只花篮里盛满了粉色的桃花。

他笑，只一眼，便注定了十年时光就这样飘然而过。

记得那天看得十分尽兴，阿雅很晚方才离开。夜幕罩住了他微笑的脸。回到小县城的时候连最晚的一列火车都错过了。

第二次再赴盛会，竟然不见了少女的踪迹。直到有一次疯疯癫癫的阿雅在桃林大呼小叫。最后在桃林深处，一个土堆前，他立住，久久不愿离去。

再后来一年一度的桃花节成了别人的狂欢，再也不属于阿雅。即便如此阿雅回去后，他仍旧逢人便说去北方看桃花的故事。

那天阿雅在悄无声息中离去。他却不知他身后尾随一个老者。老者是听了阿雅关于桃花的故事后，一路北上，来到小县城去看桃花的。同样乘一辆人力三轮车碾过小城的青石板路，一路尾随，奔向郊野。

不过结果令他失望至极。一路慕名而来，却要失望而归。

哪有什么一年一度万人聚会的桃花节，哪有什么灿如晚霞的万亩桃林，连瓣桃花都不曾遇见。目之所及是一大片茅草丛生荒滩。唯一与桃花相关的，是那片山野的名字叫桃花坡，仅此而已。

打听当地人，所问之人吓了一跳，十年前这里就是这样啊。

老者一路落荒而逃。他来时虽做足了的心理准备，但现实还是令他吃了一惊。

其实他不问也罢。老者内心明镜一般。十年前，他的儿子阿雅就被诊断出患上了幻想症。那时候，阿雅刚刚结束一段刻骨铭心的爱情。据说，与阿雅相爱的那个姑娘，名字叫桃花。

如今来了，站在荒野的风中，他便猜想，那个叫桃花的姑娘定然向他的儿子虚构了一个世外桃源的爱情故事。可是，世间那有什么世外桃源?

即便如此，阿雅的春天仍然是桃花盛开的季节。再后来，北上看桃花的成了两个人——父子结伴而行。

有一年春天，一大片桃花真真切切地开在桃花坡，引来外人纷纷来此赏花。

没有人知道桃林究竟是谁种植的。据当地人说，几年前曾见到一个头发花白的老者在此忙碌过。

井水之爱

遇见他，正是十三四岁情窦初开的年纪。

那天她帮母亲到井边打水，忽地一失手，装满水的木桶如一块高空坠落的石头，直线下坠，然后就是“扑通”一声沉闷的响声。

她吓了一跳，急切把头探进井里张望，眼睁睁看着深井里的木桶一点一点沉没而束手无策。她急得眼泪汪汪，抬起头时，便看见了他。

清瘦的他站在井栏边咧嘴冲她一笑，将一只同样粗大的木桶“扑通”一声甩进井里，一桶灌满水的桶提了上来，一把甩在她的面前。

“把它担回家吧！”

望着他微笑的脸庞，她内心全是感激。

那次应该是他们第一次相遇，彼此心间都有一种朦朦胧胧的甜蜜感。后来，她打听知道他住在村的另一头，是刚刚落户的外乡人，年龄长她几岁，内心就生出无限憧憬。

再后来，他们常常在井台边相遇。可是，彼此只是笑笑，再也没有只言片语。

一年后的一个午后，她忽然从旁人口中知道入伍新兵的名字里有他，内心陡然间落满尘土，灰蒙蒙的。再到井台边打水的时候，那颗突突跳动的心总是无法平静。她想对他说些什么，可是，最终还是三缄其口，无功而返。

他参军后，她那颗心便无法安置了。再后来，到了婚嫁的年龄，见他依旧没有回来，她一狠心就嫁了他人。只是在出嫁前夜，她跑到井栏边狠狠地痛哭一场，再无他念。

20 世纪五十年代末，他却从部队转业回来了，因为身份的问题很快被打成“右派”，再后来，又被关到村子的牛棚里受苦。夜里，她偷偷跑去看他，给他送去热饭热菜，跟他说说宽心话。那时，她已经是两个孩子的母亲了，而他还是孑然一身。

村里的风言风语很快将她淹没。虽然她不在乎，可是他在乎。每次见她来总要劝上一番。不久，他还是牵连上了她，很快她也被人以“莫须有”的罪名关入牛棚。那段时间，应该是她今生最美的时光吧。一墙之隔的他和她，却因此有了说悄悄话的机会。

斗争还在继续，他和她不时被人揪出来戴着高帽游街。每次只要被游街的人能活着回来，他们就觉得那是一种胜利。夜晚，他们就会唱歌来庆祝，并用最温暖的话语鼓励对方继续活下去。

可是，有一次，他被人揪出来后却再也没有回来。事后，她才知道他不堪折磨，投井了。得知这个消息的时候，她死活都不相信，哭得死去活来。再后来，想想两个未成人的孩子，她的心终于软下来，不再寻死觅活了。

“文革”结束后，她平反昭雪，重获新生。出来后，她去看那口老井，却发现井口周围杂草丛生，一片荒芜。原来，因为这里死过人，再也没有人愿意来提水，那口老井便废弃不用了。

之后，村里开始用自来水，高高的水塔在村头竖起来。这时有人建议把那口水井填平了，因为村里不时传出谁家的鸡狗掉进井里淹死的传闻。甚至有一次，村里一个小孩在井栏边玩耍，差一点失足落入井里。

村委会经过研究，决定采纳大家的建议。

村长带人填井那天，她疯跑着过来，横在井栏边死活不让大伙动手。她哭着喊着说，不要填，不要填，我愿意用钱买下来。经过一番争执，村长终于答应了，可是村民不答应。最后她只好硬着头皮应允下来，为这口井建一座院子——把井围起来，不让他人靠近半步。

那时她家里异常拮据，她先是用荆棘在井栏边扎起一个带刺的篱笆，然后东拼西借才建起一个土院子，还在院子里建了一座土屋。

那段时间，家里人都说她疯了，鬼迷心窍，丈夫和她闹翻离了婚，子女和亲戚也不愿意和她来往，她干脆就搬进这座院子住下来，直到白发苍苍。

住在这座院子里。每天太阳升起来的时候，她都要坐在井栏边对着那口水井说一会儿悄悄话。那时，她目光安详，神情安然，阳光洒落在她的脸上，一脸金灿灿的笑容。

红丝带手链

1

10年后，他终于在一个路口遇见到了她。

当时，他到市中心去会一个朋友，而朋友有事先离开了。他就在街上像个闲暇的游客，毫无目的地走动，并习惯性的四处张望着。其实他也只是有意无意地轻轻一瞥，他就看到了她。那时，她站在挤满人群的公交车站牌前等车，她侧着身对着他。他发现她时，她有意无意地垂着头任凭头发盖住眼睛，像在掩饰着什么，右手则牵着一个约莫四五岁的孩子。

她比他刚见她的时候的样子胖了许多，脸上也失去了少女时特有的娇羞，但身体的侧影于他还是那样的熟悉，脸上那若隐若现在发间的线条还未曾有太大的变化，犹如十年前，她和他在一起时的那样，脸上还习惯性的洋溢着淡淡的笑。

她没有躲避他，就像没有看见他，或是和他从来不认识那样，坦然，若无其事。

他却忽然抽搐起来，脸上的肌肉开始紧张的抖动。或许是出于紧张，或许是激动异常，他呆滞的目光停留在她的身上，一动不动，眼睛几乎要暴突出来。

是她吗？难道真的是她吗？他有些不敢相信自己的眼睛。

忽然，他发现了她牵着孩子的右手上戴着一条红色丝带编织的手链。那丝带的颜色有些黯淡了，远没有新的色泽艳丽。而那手链的造型，坠物，确实是独一无二的。在这个物欲横流，极其富有的城市，和其他的女人相比，她的那条饰物的确显得简陋粗俗了些。

可他认出那条丝带手链，那是他临别时，他送给她的礼物。他一眼就认出了。

对，就是她。

2

他确凿无疑地断定，那牵着孩子的女人就是他要找的她了。

记得，十年前的那个早晨，长途汽车站里，他和她相拥而别。他要到远方上大学，而她则要到另外一个城市追随一个亲戚打工。分别前，他郑重地从口袋里掏出一件礼物——红丝带手链，那丝带的色泽宛如娇艳欲滴的红玫瑰，细密又精致的纹理，边缘坠满了橘黄色的细小碎花——那是他连夜为她精心编织的。他轻轻牵起她的手，慢慢地，小心翼翼地，一一将手链为她戴到手腕上。一双用红丝带编织的手链，就那样恰到好处地套在她娇嫩的双手上，衬托出她那双小手越发的精致美丽。他望着她，幸福地笑了。而她，却轻轻取下一条还给了他，淡淡地冲他微笑，说，你也留一条，我等着将来有一天它和另一条配成双呢。他笑了，说，是呀，会的，你等着吧。就这样，他取回一条戴在自己的手腕上。后来，他和她踏上了各自的征程，充满希望，而又异常伤心的各自奔向远方。

他至今对她出去打工的做法，仍有深深的遗憾和愧疚。那年，他考上了大学，可他家境贫寒，父母拿不起他上大学的学费，学习不错的女友为了成全他，决定放弃复读考大学的机会，到远方打工，供他上大学。

开始，他们经常通信，互相保持着紧密的联系。那时，她会不远千里，从远方的城市赶几天的火车过来看他，然后，亲手将自己打工积攒的钱放在他手里，告诉他，吃饱，穿暖，别委屈了自己。他眼里忽然就有雾气升腾。他看见了她日渐消瘦的脸庞。她却开心得像个孩子，骂他没有出息。而这样的相聚，每年都会有两次，都发生在他开学的前夕，他急需用钱的时候。

3

大四那年，他去电话告诉她，他在外面找了好几个兼职，已经能自己养活自己了，让她自己把钱留下来花，也为自己买几件漂亮的裙子。因为，暑假到来的时候，他要到她打工的那个城市找她。她在电话那头，笑得异常开心，说，好啊，我等你。他又告诉她，他决定考研，自己已经着手复习了。她鼓励他要加把劲，别给她丢脸，她相信他行的。他点头，说，记住了，怎么啰唆成了老太太。然后，他们很开心的挂掉电话。

然而，他万万没有想到的是，就是那次通话，成了他们别离的开端。

那年暑假，他去了她所在的城市。盛夏的天，他热得汗流浃背。他循着原来她留给他的地址找去，可人去楼空，杳无音信，问她的朋友、工友，没有一个人知道她的消息。他疯了似的四处找寻，终究无果而终。

他伤心而回，回到学校的那天，一个朋友从学校的传达室给他捎来一封信。信是她的，信皮上写满了他熟悉的字迹。他高兴地拆开来看。她在信里告诉他，她又去了另外一个城市打工，没有及时告诉他，抱歉，请谅解，勿挂念；还告诉他，好好复习，考上研究生后，她会来看他的。他喜极而泣。他有些失望，但一点也不悲伤。

后来，他把对她的相思全部用在了学习上，最终顺利通过了研究生考试，成为一名硕士研究生。可是，后来，他却再也没有了她的消息。她没有履行她的诺言——等他考上研究生的时候，来学校看他。

4

毕业后，他去她原来所在的城市，找了一份高薪的工作，开始他努力的找寻。中间，曾经有多少美丽的女孩儿追求过他，他都无动于衷。

今天，他终于找到她了。他不敢再犹豫，匆忙上前。他害怕她转瞬间会被汽车带到某个不知名的远方，永远地和他别离。

就在公交车即将到达站牌的那一瞬，他走到了她的面前。他眼中噙着泪水，话语有些颤抖：“你还认识我吗？”

女人抬起头，然后轻轻后仰，好让挂在脸前的头发甩在脑后。她露出一张完整而精致的脸，沉默了一会儿，然后平静地说：“认识！”

“你为什么不和我联系呢？”他终于哭泣出来。

女人忽然有了悲伤，可她抑制住，没有流下泪水，只是抬起了左臂，露出空空荡荡的袖口。

“因为，我再也无法让那双红丝带手链，配成真正的一双。”她那样淡淡地答道。

5

他们最终没有走到一起，因为，女人已经成了家，有了孩子。后来，他从女人口中知道了事情所有的真相。

原来，那年暑假，在他到来的前夕，她因为疲劳操作，无意中将手伸到了飞速转动的机器里。瞬间，血肉模糊，她整条手臂都被卷了进去。等醒来时，她已经躺在医院的病床上。她永远地失去了左手。

她醒来后，没有过多的悲伤，她做的第一件事情，是告诉朋友和工友，等他来找她时，不要告诉他事情的真相。第二件事情，就是忍受百倍的痛苦，以最快乐的口吻，为他写了一封信。而她下定决心做的第三件事情，就是答应一位工友的求婚请求，并在出院后匆忙地结婚。

中间，为了躲避他的找寻，她更换了许多工作。可是，那条红丝带手链，她却不曾丢弃，一直随身戴着。因为，那是他们爱情留下的唯一信物。

也是，她心中爱情的唯一归途。

毕业时分，爱恋，我只珍藏那份温暖

1

18 岁那年的夏天，我高考失利了，像一只受伤的小鸟，敛起快乐的翅膀，独自躲藏在一个人的小屋子里，暗饮忧伤。

后来，我去了一所离家很远的学校复读，那所学校比我想象中的好。进班后，班主任就指着最后一排的一个空位对我说：“喏！以后你就坐在那个位子上。”安排好我的学习和生活后，父亲就走了。望着父亲的背影，我的心像清仓的库房，空荡荡的。

忧伤和渺茫再一次袭来，从里到外，把我浸透在一种莫名的孤独中。我对自己的未来依然倍感失望。有一次，班主任偷偷把我叫出来，劝我振作起来。我对他很感激，可忧伤仍旧无法排遣。

又过几日，班主任带来一个男生，他叫江文。那时，我正低头学习。抬起头时，看见老师正指着我旁边的位子说，你坐那儿吧，以后你和她坐同桌。江文看我，朝我粲然一笑，闪身很敏捷地跨进那个位子。我又看他，他正忙着整理带来的书籍。那是一个很瘦弱的男生，看起来有些弱不禁风。

我猜想，江文和我一样，也是来复读的。想到这里，忽然有种同命相惜的感觉涌上心头。

2

每天早晨，江文来的都很早，见我来了，就朝我粲然一笑。我会勉强的向他笑了笑，作为回报。然后，两个人都埋头学习起来。有时，他会敲敲桌面，问我一些无关紧要的学习问题，然后，很灿烂地笑着说声谢谢。江文的到来，让我不再感到寂寞——他时常会来打搅，问些问题。我在心里常常也会偷偷笑他，成绩这么差，还敢来复读。

可是，一个月后的考试，让我对他另眼相待了。考试成绩出来后，江文居然排在全年级第一，而我只是全年级第五名。

每天早上，我依旧会收到江文那份灿烂的笑容，只是他开始多了句“早上好！”。我不敢再小瞧他，会羞涩地对他笑笑，心里也开始对他充满了敬意。在我心里，那笑像湖面上的波纹层层荡漾开来。

有时，江文会悄悄告诉我关于讲课老师的一些坏话，让我陪他一同偷偷在下面窃笑。

熟识是在悄无声息里完成的，如同我们不知道春天怎样从冬天中慢慢演变而来的那样。

我和江文真的熟识了，下课后开始很快乐的交谈，讲些过去的故事。这时我才知道，他是第二次来复读。我想他的要求一定是太高了吧。

我开始真正振作起来，学习也变得充满乐趣。不知道从什么时候开始，江文的开朗如此深刻地影响着我，让我也一同开朗起来。我开始大胆地在课堂上回答问题，快乐地和班里的女生出去郊游。一到晚上，闭上眼睛，他那灿烂的微笑便会在我的脑海里浮现，像一张照片，在我的心里慢慢定格。

想江文笑的样子，也渐渐成了我每晚必做的功课。再后来，就成了我睡觉前的一个习惯。所以，梦中总会时常出现江文的影子。梦醒时分，我会细细品味那份甜蜜的滋味，让自己沉浸在一种莫名的悸动中。我不知道，这算不算是一种暗恋。总之，这种思念的情愫在我心里风生水起，悄然生长着。

一个月后的一天，江文凑在我耳边神秘地对我说，晚自习别上了，我们到后操场玩儿。那时，我正一本正经地读一篇文章，就狠狠瞪了他一眼，但还是答应了他。

那个夜晚，月光皎洁，风轻轻地吹着，所有少女的情思都在那月色的光辉中慢慢展现。交谈也变得格外亲切和温暖，充满了诗意。直至下了晚自习，我们才偷偷潜回教室，惹得大家都用异样的眼光看着我和他。

3

我和江文的成绩始终都很稳定，后来我的成绩又升至年级第二名。我知道，我所有的变化都是因他而起。我也愿意相信，他是清楚我对他的感觉的。

然而，江文始终那么乐观的对待一切。除了我，对其他女生，他也是那么温和亲切，幽默风趣，乐观开朗。这样让我感到莫名的忧伤。

于是，闲暇时刻，我会默默地多看他几眼，猜想他对我的感觉。只是，偶尔他会突然扭头看着我，用惊讶和诡秘的表情大声问我：干吗这么看着我？就不怕把我的魂吓破了？然后，我们相视一笑。

几次成绩公布后，我和他都名列前茅。有一次，在班会上，班主任突然问我：“你和江文成绩这么好，可不可以为大家作些贡献——分开坐，也帮助帮助别人？”老师看我低头不语，又看了看江文，想不到他却很爽快地答应了。那一刻，我的心猛然痛了一下。

那天，我们没有快乐的交谈，像是过世界末日，气氛很是沉闷。但江文还是不安分的和前排男生打哈哈。我却尽量掩饰自己的不悦，不让大家看出，眼泪却在眼里打着转转，第一次为异性莫名而异常的难过。

第二天，我竟然出乎意外地迟到了，一副无精打采的样子。我知道，我依旧会收到他例行公事的微笑，但那微笑对我已不再有任何意义了。

可是，到了教室，全班同学都抬头用异样的目光望着我，还在小声议论着什么……这时，我惊讶地发现，我旁边的座位竟然是空着的。坐下后，听见前排的男生在小声嘀咕着，说江文生病告假了。此刻，我第一次那么强烈地感到，那个位置空空的，那么扎眼地在我身边存在着，牢牢占据着我整个内心。一整天，我恍惚不安，像丢失了什么，老师讲的我一点儿也听不进去。我一直在为那个没有情意的“坏家伙”而担忧。

第二天，江文来了，和往常一样，依旧那么早，见了我，依然灿烂地微笑着。我没有理他，低下头，埋头看书。这时，他凑过来，在我耳际低声地说，晚上看电视看得太晚，不想来，所以请了病假，谁知还真把老师给蒙住了。接着，他又诡秘地问我，老师调座位了吗？我生气地说，没有。这时，他突然露出一口洁白的牙齿，表现出一副很开心的样子。那一刻，我终于明白，他和我一样，也不想让老师把我们给调开。我猛然有些感动，第一次为江文。

那一天，我的整个世界又重新变了回去。心中所有的爱恋如同夏季的河水，一夜之间，就涨满了整个沟壑。我对未来又充满了希望和信心。但那种默然，心照不宣的感觉，也让我渐渐地沉沦下去。少女特有的柔情，就在初恋甜蜜的浇灌下，如同一朵绽放的花蕾，慢慢地散发着芬芳，一瓣一瓣地盛开了。

4

时光就这样悄然流逝，在毫无觉察中完成了从秋天到冬天，冬天到春天的交替。当6月悄悄地来临时，我才发现，我们在这一年中真正地长大了，生命的活力重归而来。爱恋也在不知不觉中，长成了一朵异彩缤纷的花朵。

高考临近，班主任让我们填报志愿。我瞥了一眼江文，想看看他填的，轻轻瞟过，看见他所有的选项里填写的都是北京大学。我一时惊讶得说不出话来，愣了半天，才偷偷问他：“你决定了？不觉得这样很冒险吗？”他一改往常灿烂的笑容，沉默了，然后很坚定地说：“是的，决定了，我已经没有选择的退路！”他说话的时候，我发现他眼中流露出许多的无奈，脸上表露出了一种难言的悲伤。

我本想去劝他。但这时他开始在纸上写些什么，稍后，他递过来一张纸条，上面写着：我的女朋友在那里等我两年了，我必须考上——这是两年前我对她的承诺，我别无选择。

读过那片纸，我听到自己内心有一面美丽的镜子瞬间破碎了，也彻底明白了他有时对我若即若离的原因——是源于另外一个承诺。我无法抑制自己的悲伤，泪水悄然从眼眶中奔流而出，淌满了整个脸颊。

就这样，我和他所谓的爱情，就在那个寂寞而焦躁的午后终结了。所有往事如同一场春天的梦，而那个下午，正是梦醒时分。

我在我所有的志愿里填上了北京师范大学。道理很简单，我想和他距离近些，也许那样会使自己好受些。

后来，他考上了他意愿中的北京大学，而我也顺利地考上了北京师范大学。

在开往北去的列车上，我和他坐同一节车厢，同一排位置，如同在学校那样——相邻而坐，只是所有的感觉都变了。他变得有些陌生，而我也表现得异常冷静。看不出悲伤，也看不出喜悦，彼此脸上只有淡淡的哀愁。

列车快速地奔驰在原野上，他坐在那儿低头不安分地玩弄着手里的钢笔，而我则寂寞的望着窗外发呆。透过窗户，重温着我们在一起时所发生的一幕幕……

车到站了，我们下了车，要各奔东西。江文站在我面前，以一种格外平静的语气对我说："谢谢你的爱恋，我只能珍藏那份温暖。"然后，我看见他泪流满面，转身挤入汹涌的人流中。

其实，那句话，何尝不是我想要对他说的呢？

从孤独和寂寞中，我和江文一路相伴快乐地走来；而现在，我们却只能收获那份真挚的友情。此刻，我站在北京西站的出口，面对汹涌如潮的人流，却再也无法找到江文那熟悉的身影，第一次那么强烈地感到，除了亲情，原来还有另外一份感情让人无法释怀，它的名字叫"温暖"。

我不贩卖爱情

他是一个富家子弟，年轻、英俊又富有。然而，他却有着异于常人的孤独。或许是因为钱的缘故，他对许多东西都失去了感觉，包括亲情和爱情。在他眼中，爱情是可以用金钱来换取的。其实，他就用金钱换取过许多廉价的“爱情”。

那天，在朋友的邀请下，一块到一家网吧上网，百无聊赖中他和一个网名叫“灰姑娘”的网友聊上了。他忽然被她语言中流露出来的单纯和天真吸引。他告诉她，他不相信爱情，她笑了，干吗不相信爱情呢？他笑她傻，她便发来一个害羞的表情。后来，他们聊到了人生，聊到了理想，聊到未来的生活。他被女孩儿种种好奇的想法吸引了，而关于这些他从没想过，因为，他从来都是听从父母的安排的。女孩儿的话语唤醒他对美好未来的向往。

后来，无聊的时候，他便上网找那个叫“灰姑娘”的女孩儿说自己的心事。女孩儿也会毫无保留地告诉他关于她的一些故事。

有一天，他和“灰姑娘”聊天的时候，他忽然产生了和她视频聊天的冲动。当他把邀请发过去后，女孩儿拒绝了。他问她为什么，她说她不想。她告诉他，这样不是很好吗？和“灰姑娘”聊天结束的那个晚上，他梦见自己开着心爱的宝马汽车去见“灰姑娘”了，漂亮的灰姑娘带着在她的家乡四处游玩。

第二天，他又上网的时候，设法从“灰姑娘”口中套出了她的家庭地址。“灰姑娘”问他要地址干吗，他告诉她，他要亲自找到她，对她说“我爱你”。“灰姑娘”笑了，不可能的，我们相距一千多里地，你怎么找到我呀？他说，不信你等着。然后，他就下了QQ。

两天后，他疲惫不堪地站在“灰姑娘”面前。

“灰姑娘”望着他有些激动，眼泪都流了下来。但是，很快她又恢复了平静。她歉疚地对他说，她其实已经有男朋友了，她只是把他当做自己的一个普通网友来对待，她对待所有的网友都是这样坦诚的。那一刻，他脸上露出异常痛苦的表情，他告诉她，他有钱，一定会让她幸福的。她只是摇摇头，告诉他，她不能背叛爱情。

他决定立刻离开，但他还是在她一再的挽留下住了下来。她把他领到一小旅馆住下。她对他说，第二天她要他陪着一块去购物。他同意了。

第二天清晨，女孩儿就带着他出去了。他们没有坐车，一块骑着自行车出去了。女孩儿告诉他，到一家超市为他选一件礼物留做纪念。

一路上，他们穿行过许多家超市。最后，他们在城北一家超市门口停了下来。

他们一块进去购物时，他才发现那家超市只不过是个非常普通的小超市，除了名字有些特别外，没有什么特别之处。

女孩儿在里面为他挑选了一个水晶球。

走出超市的时候，他抬起头回望了一眼，笑了，他发现那家超市有个非常奇特的名字——“我不贩卖爱情”。他笑了，说老板真会做生意。

在回来的路上，他好奇地问起那家超市名字的来历。女孩儿告诉他，那家超市是一个中年男人开的。早年，那个男人家里很穷，他就到一家工厂上班，后来就和一个漂亮的女孩儿相爱了。在他们相爱的时候，工厂老板的儿子也看上了那个女孩儿。老板把他叫去告诉他，只要他离开，就给一大笔补偿金。他坚决不要。然而，令他没有想到的是女孩儿变心了。后来，工友劝他收了那份补偿金，反正女孩儿再也不会回来。他还是坚决地放弃了。他说，他不能因此贩卖他的爱情。再后来，男人挣了许多钱，就开了一家百货商店。他找了另一个女人结婚了。去年他的女人和儿子遭遇车祸，双双成了植物人。有人劝他再找个女人吧，续续他家的香火还来得及。他还是坚决的打消那个念头。第二年，他就将他家那个百货商店，改建成了一家超市，并更名为“我不贩卖爱情”。

女孩儿说到这里，流泪了。女孩儿告诉他，许多人很远跑来购物，买走的不单单是物品，还从他那里买走了一份对爱情的忠诚。

后来，他要走了。提出来要见见女孩儿的男友，想亲自对他说，这么好的女孩儿，要他一定好好珍惜。女孩儿默不做声地哭了，告诉他，男友不会来见他的，男友就躺在那个超市老板的家里，因为，他就是超市老板那个成了植物人的儿子。

再后来，男孩儿走了。走时，他告诉女孩儿，他从女孩儿那里带走一件珍贵的礼物，名字叫“我不贩卖爱情”。

第四辑

洞房花烛夜

新娘子上吊死了。

昨晚，放在洞房里的扩音器，一晚上都没有关。一整晚，大喇叭都在直播洞房花烛夜的故事。

义　齿

男人想再找一个女人。

妻子已经过世两年了。他本来是想独身一人度完余生的，毕竟年龄大了，头发都花白了。等过几年，把公司交给儿子打理，自己也该退休回家享清福了。可是，那天看了那期电视相亲节目后，他内心竟然动摇了，生活的激情重新点燃。

虽然男人没说什么，时间久了还是被儿子看出了心思。你说，没事儿总盯着相亲节目看，就是傻子也能猜出一些什么。于是，某个早晨吃饭的时候，儿子就在饭桌上鼓动男人再给自己找一个后妈。

男人叹了口气，说，老了，黄土埋脖子的人啦，还找什么找？儿子就说，哪老呀，染染发、美美容，再换一套年轻人的行头，谁能看出你多大岁数?！

儿子鼓动几次，男人果真有了信心。经过一番修饰，男人看上去年轻了许多，站在镜子前仔细端量一番还真像儿子说的那样。男人再站到人前的时候，大家都吓了一跳，说，这是谁呀？怎么不认得啦？这么帅，还不上电视相亲？

经别人这么一说，起初，男人没放在心上——电视相亲是年轻人的事儿，自己还赶什么新潮。说的多了，他真动了心思。想想也是，一个身家千万的老总还找不到一个如花似玉的年轻姑娘？年龄大了怎么，多少人想往身上贴，那还得看条件呢！

毕竟是上电视，男人还是谨慎起来。他先是征求了儿子的意见后，又招来几位好友商量对策。大家的意见很一致，好好准备，以更加年轻的姿态出现，成功率会更高些，毕竟台上的女嘉宾才二三十岁。

头顶秃了，就戴上假发，皱纹多了，就祛祛皱纹。这样一来半年过去了，男人看上去果真像三十出头的小伙子。这期间还有朋友帮他办了一张假身份证，把他的出生时间向后推迟了18年，本来算算今年该是53岁的，一改结果就成了35岁。一切准备就绪了，男人信心十足地报名了。

经过几个月的漫长等待，终于等到了节目组的通知。接到电话的时候，男人蒙了，想不到这样的好事儿真的降临到他头上。

录节目前，有一件事又难住了男人，那就是头上极易滑落的假发，录制节目时要是当众滑落了，那多难堪呀。男人费了一通周折才找到解决问题的办法——请戏剧团的朋友帮他把假发在头皮上粘牢。

真没想到，男人一出场就引起了轰动。年轻，帅气，文雅，又显得成熟，不俗的谈吐一下子吸引了众多女嘉宾。台上大家对他的年龄竟然没有引起丝毫怀疑。下来后，还果真牵手一位自己中意的姑娘。姑娘名牌大学毕业，芳龄还不到三十，青春貌美，才气逼人，看一眼就让人心动。

节目录制完毕后，男人先约了姑娘吃夜宵，还喝了红酒助兴。

分手的时候，男人依依不舍，姑娘也难舍难分。于是男人决定送姑娘回家。

宝马车绕了好大一圈才在一个富人居住区停下。一栋栋风格独特的别墅霸道地闯进他的眼帘。然后是一同进屋喝茶，坐下来聊天。装修奢华的房间全是姑娘寂寞忧伤的眼神，聊着聊着两个人就抱在了一起，空荡荡的房子里便只剩下他们纠缠的身影。

后半夜，男人从梦中醒来。睡梦中，他感觉有一只大手正使劲揪扯着他的头发，于是便醒了。醒来后的男人知道那是假发粘得太牢头皮揪得难受造成的，内心一下清醒许多。男人坐起来看见姑娘侧脸睡得正香，想想自己做的事儿，忽然后悔起来。本来挺正经的人怎么做了一件荒唐事，一旦姑娘知道了真相，该怎么办才好？

斗争了好半天，男人终于决定把真实的自己展露给姑娘，企求得到姑娘的原谅。他想，如果她能接受，那是再好不过了；如果接受不了，散了也就散了，末了他会赔人家一笔可观的精神损失费。

拿定主意后，男人蹑手蹑脚来到洗手间，打开壁灯，自己开始动手揭去粘在头皮上的假发。

正忙着，盥洗台上一个玻璃杯子引起了男人的注意。杯子晶莹剔透，盛放着同样晶莹剔透的液体，软软的液体里止浸泡着一样东西。

借着灯光，男人把头探过来。忽然整个人都傻了。男人倒吸了一口冷气，丢下那位可人的姑娘，以最快的速度从房间里消失了。

路上，男人脑海里不停闪现着一副令他作呕的画面：一对乳白色的义齿。

面　具

男孩和女孩是在网络上认识的。聊了很久，他们都很熟识了，可是仍然没有见过面，也不曾视频过。不是男孩不想，而是女孩不同意。

一天，男孩在QQ里对女孩说，我们见面吧，还怕见光死？不见你，我真的要活不下去了。我的人生梦想就是和你生活在一起，每天过芬芳的生活。

女孩在那边就笑了，QQ里发过来一张嘻嘻的笑脸。

是第三十一次碰壁。男孩有些泄气，可还是不甘心。之前，他曾把自己的生活照发给她看，她只回了一句话：帅呆了！当然是真的帅呆了，一米八的身高，一张金城武的脸。何况还是一所名校的在读研究生。关于女孩的情况，他只知道她在另一个城市的大学读书，她还有一个双胞胎的妹妹和他在同一个城市上大学。

女孩不受引诱，始终不曾发过一张照片。男孩却还是能从文字交谈中感受到她那颗蠢蠢欲动的心。是不自信，还是唯恐受骗？男孩想不明白。

你实在想见我吗？可以先和我的妹妹见见。如果，你能接受她的容貌，接下来，我自然就会出现。有一天，女孩终于松了口。

她丑吗？

还可以。

好啊！那就见见。在哪见？什么时候？

就周末吧！在你城市的森林公园门口，周六，9点，我妹妹那天会穿紫色的裙子。

男孩欣喜若狂。周六准时赴约，见了，却开心地笑了。是一个大美女，身材高挑，皮肤白皙，一张金喜善的脸。那天，两个人聊了很多，还吃了烛光晚餐。自然，两个人还聊到了在另一个城市的女孩。

我和我姐姐，你更喜欢哪一个？走的时候，女孩的妹妹问。

都喜欢。说完后，男孩就有些后悔了。这样的话如果传到女孩那里，她还会理我吗？当然，发自内心，他更喜欢未曾谋面的姐姐。

据妹妹告诉他，她们姐妹俩长得如同一人，只是妹妹嘴角有颗痣。说这些的时候，妹妹指着自己的嘴角给他看，生怕他认错人似的。果然，在她的左嘴角边，他看到一颗小米粒大小的黑痣。因为那颗黑痣，妹妹的面孔美中不足，却显得别有风韵。

从此之后，男孩更加思念女孩了，他常在睡梦中勾勒她天仙般的容颜。在QQ里，他说，见你妹妹了，就如同见到了你，你还怕什么？女孩沉默了一会儿，说，害怕距离离间我们的感情，如果你的身边有一个和我一模一样的女孩，你还会喜欢我吗？

即便有一个和你一模一样的女孩，我也会做到春心不乱。男孩的话很果断，也很坚决。果然，之后，男孩再也没有和女孩的妹妹见过。中间几次，女孩的妹妹有事约他，他都找种种理由拒绝了。

男孩的表现感动了女孩。半年后，女孩决定来这个城市见他。男孩又是一番激动。

约会的地方仍然选在周末，仍然是在森林公园的门口。女孩说，那天，我穿紫色的裙子。男孩就笑了。男孩说，那天我戴恐怖的面具。女孩也笑了。

那个冬日的早晨，北方的天很冷，男孩早早来到公园门口。站在风中站得腿都要麻了，仍然不见女孩到来。站在风中，他不停地搓自己的双手，以抵御这逼人的寒冷。直到夕阳西下的时候，公园门口才出现了一个穿紫色裙子的女孩。

她远远地向这边张望了很久，天快黑了，才鼓起勇气走到他面前问：你是阿祥吗？

是。难道你是云中燕？

女孩笑了，是我，我是不是很丑？

那是一张面目狰狞的脸，一脸的烧伤疤痕，与妹妹的貌若天仙判若两人。男孩望着她，挤出几分笑容。还好，总没我恐怖吧？！

意外吗？现在你后悔了吗？女孩那张狰狞的面孔中射过来一道追问的寒光。

不后悔，我一直深爱的是你那颗纯洁善良的心。

真的？

真的！

女孩忽然哈哈大笑起来。然后，转过身，用手在脸上使劲撕扯着。再转回身的时候，是一张白皙粉嫩灿若桃花的脸。女孩手里拿着一张软体面具，因为笑得有些夸张，左嘴角边一颗黑痣像一个跳动的音符在不停地抖动。

没吓着你吧？女孩对男孩说。

没有！——我，我吓着你了吗？男孩哆嗦着嘴唇，有些笨拙地问女孩。

刚开始确实吓着我了。要不我怎么会下午才出现。你脸上的面具也太吓人了吧？快取下来吧，要不我就要走了。说这些的时候，女孩伸手去揭男孩脸上的面具。她使劲撕扯，可是那张面具却始终揭不下来。

突然，女孩的手停了下来——原来那是一张真实的面孔。

女孩一脸惊恐地逃走了。

望着女孩匆匆远去的背影，男孩颤抖着嘴唇失声哭了起来。

一个月前，男孩因为一次火灾救人，永远失去了青春的容颜。

约　会

夏上午9点钟有一个约会，地点在情缘咖啡屋。

夏甩手关上门准备俯冲楼下。将军门咣当一声刚合上，手机又响了起来。是伤感的《单身情歌》。

夏从挎包里掏出来看，是许姐的，不用接，夏就知道是在催她快点。

盯着手表看了一眼时间，夏皱了一下眉头，心“突突”地狂跳——的确是晚了，距离约会的时间足足晚了10分钟。这对于一向守时的夏来说是不能容忍的。

摁下接听键，边下楼边接。夏在电话里说，许姐，别急别急，在路上，快了快了。楼梯间骤然响起一连串高跟鞋敲击水泥地的丁丁声。

夏要见的人是许姐刚给她介绍的，据说是海归，长什么样子没见面还不知道呢。是青蛙还是白马，夏一肚子狐疑，别不会是恐龙吧？这么想着，夏的心就忐忑起来，有了几分担心，也有几分期许。为了这次约会，夏在闺房里准备了好长时间，精心挑选了服装，并画了精致的妆，要不怎么会迟到呢？何况，女孩子见男孩子要矜持一些。这么一想，夏宽慰了许多，快到楼下的时候竟然多了几分从容。

哪知道，到了车库开车的时候，夏发现自己忘了带车钥匙。没办法只好折回楼上去取。这么一折腾，夏又开始变得火急火燎的，心里像揣着一个烈焰熊熊的小火炉。等到车子启动起来，夏竟然有了几分莫名的躁动。

这是几年以来，夏第一次对自己的终身大事这么上心。觉察到这一点的时候，夏被自己吓了一跳。是年龄大了，着急的缘故吗？夏不知道。5年前，夏的男友在一次车祸中丧生。夏到现场看，男友和肇事车辆已经不在了，现场只有一摊还散发着血腥味的血。后来据交警告诉她，肇事者是一位摩登女郎，为了见心爱的人，一路上风驰电掣，在过斑马线的时候车速依然飞快，结果就撞上了。送走男友后，夏的心像被放在冰箱里冻了许久再拿出来整个凉透了。后来，虽不断有朋友介绍，夏却始终提不起兴趣。转眼间夏便成了剩女。

成了剩女的夏曾经想过出家，可是一想到年迈的父母她便再无勇气，最后只好垂头丧气地放弃这个念头。或许，时间是最好的疗伤药，5年也是一段很长的时光。今天夏破天荒的躁动，是以往约会中从来没有的。夏有了几分欣喜在心头，她以为自己真的痊愈了，重新有了爱的能力。她的心飘飘然，心情竟然出奇的好，车也开得飞快。

小区到约会地点不过十五分钟车程。距离情缘酒吧还有一个十字路口时，夏突然忧伤起来——前面十字路口处的斑马线是男友峰的罹难地。每次途经这里，夏都会难以自禁地忧伤起来。何况今天是见另外一个男人。

是本能的逃避吧，那一刻夏看了一眼信号灯——是绿灯，便一脚踩在油门上。于是，车长了翅膀，飞了起来。

没想到的是，一个小男孩突然跑了出来。

夏本能地踩下刹车。可是那一刻刹车却失灵了……

那天，夏爽约了。许姐来了几次电话，都没人去接。车撞在旁边的护栏上又反弹出去很远才停下来。夏呆呆地坐在驾驶里任凭鲜血从额头流下来。

不知道过了多久，夏听到了救护车和警车的鸣笛声。然后，夏被人从变了形的驾驶室里架出来。

被架出来的夏依然亭亭玉立婀娜多姿。粉色的长裙，精致的红色高跟皮鞋，把夏衬托得分外妖娆。

站在斑马线上的夏也是一位惹人注目的摩登女郎。那一刻她望见了峰躺在血泊之中，一只手还握着一枝娇艳欲滴的红玫瑰，鲜红的血淌过来流到她脚下，然后漫过皮鞋，顺着高跟鞋蜿蜒而上流进她的血管，从脚下疯狂地往头上涌。

夏忽然明白了男友的真正死因——车祸前的一刹那，夏也是死死踩下刹车。只是高跟鞋的后跟太高了，那一刻，刹车怎么踩都踩不下去。

麻　雀

那是一个漫长又了无生趣的夏日午后。吃过饭后，俊生一个人躺在床上无所事事，翻来覆去怎么也睡不着。在翻了无数次身后他爬了起来，光着膀子赤着一对鸭掌般的大脚丫溜出院子跑到大街上找事儿干。他沿着热浪翻滚寂寞空荡的村子转了一圈，最后垂头丧气无功而返。本来，他是打算把村东头那棵柿子树上的鸟窝掏了，兴许能落得几枚鸟蛋拿回家煮了吃。可是，他去了才发现，鸟窝早就不在了，枝头空荡荡的，树下面落了一地枯枝败叶，还有几根粘了粪便的鸟毛，其他的什么都没有。球蛋，俊生骂了一句回去了。是大风刮掉了还是被谁家的娃捅了，寻思一路他都没弄明白。

到家的时候，爹和娘正在为一件鸡毛蒜皮的小事儿干嘴仗，鸡飞狗跳的，满屋子唾沫星横飞。娘说在家就是老娘们儿说了算，你这件事干吗不听我的？爹说不听就是不听，女人就是头发长见识短，你懂个屁，后来俊生看见娘与爹吵着吵着就打了起来。娘挥舞着手臂，不停拍打爹的前胸，像擂一面战鼓。爹并不还手，脸憋得通红，喉咙里像是卡着一枚鸡蛋，吞不下去又吐不出来。后来爹受不过一甩袖出去了。俊生看见失去对手的娘蹲在屋角开始抹眼泪，再望望爹渐渐远去的背影，觉得无趣，转身回自已卧室去了。

许多次都是这样子。

可是那个夏日的午后与往常似乎还是有些不同。天燥热得让人难受，窗外树上的知了也“呜啦呜啦”地没命地叫着，吵得人烦心透了。

俊生再次倒在床上捂起耳朵，翻了几个身后，猛地爬起来。快到门口时他像是想起来了什么，折回身从屋子里取出一样东西，拿在手里匆忙往外走。路过娘身边的时候，他看了看娘，娘还在屋角稀稀拉拉地低声啜泣，看都不看他一眼。他悻悻离去。

俊生手里拿的是爹给他刚做的弹弓。爹是一名弹弓高手。俊生记忆中没有爹打不中的东西，爹曾经在百米之外把立在墙头的啤酒瓶盖打飞而瓶子纹丝不动。可俊生不行，俊生的准头很差，即便近在眼前的老母鸡也打不中，到最后差一点把邻居家跑来观战的狗的眼睛打瞎。可爹说，俊生打不中别灰心，多练练就行，练多了就像爹一样厉害了。所以俊生拿弹弓出去了。

俊生想在村里打小鸟练着玩，即便打下一只麻雀也行。打下来后和一把黄泥包上，放火上吱吱地烤，烤熟了再掰掉黄泥，鸟毛就和黄泥一起剥落，最后只剩下香喷喷的鸟肉在眼前晃荡，流着口水拽下翅膀或者大腿塞进嘴巴里，甭提有多美。想着想着，俊生的口水就流了出来打湿前胸。后来，他干脆闭住嘴巴，咕咚一声，把一大口口水咽下肚子里去。

那天在空荡荡的不见人影的大街上，俊生用弹弓打飞了一只掉了毛的公鸡，又吓跑了一只瘦了吧唧的母狗后便再无收获。他想今天他的运气实在是臭，简直比娘放坏的臭鸡蛋还要臭。

这么想着，他就开始向村外的方向走去。他想到村外碰碰运气。刚走几步，两只麻雀闯进他的视线。一只在枝头欢快跳跃，另一只一动不动专心致志地看着它舞蹈并欢快鸣叫。

俊生的心突然开始“突突”地狂跳起来。他把左手伸进口袋里窸窸窣窣摸出一枚带有棱角的石子，看也不看，很老练地包在弹弓的皮囊里，然后一前一后撑开手臂，闭上一只眼睛瞄准。

那天，他瞄了好长时间都没有真正瞄准。移来挪去，他不停地调整石子射出的方向。有时他瞄准的是那只欢跳的麻雀，有时他瞄准的是那只安静不动的麻雀。安静的看上去没有欢跳的健壮，而欢跳的又没有安静的易于瞄准，这让俊生很是犹豫不定。终于等到两只麻雀一上一下叠在一起压蛋蛋时，俊生才心满意足地把那枚石子射了出去。

打中——打中——打中，石子在俊生嘴巴的祝福中飞了出去。并在空中画出一条美丽的弧线。他想这次总该打中一只吧，或许会是两只，吧嗒一下同时落地。这样想着他就咧嘴笑了。

结果正如俊生所想——打中了。

只听“哗啦”一声脆响，远处一扇玻璃窗户瞬间冒出一个黑洞。接下来是可怕的沉默。

俊生一下子就懵了，眨眨眼睛，转身撒腿就跑。打烂的那扇窗户该是寡妇孙二娘家的，俊生知道。那天俊生跑得飞快如风，整条街都是他奔跑的影子。跑着跑着，他还是忍不住回了一下头。这个时候奇怪的一幕出现了，俊生忽然看见爹提着上衣一脸热汗地从院门口钻出来，头也不抬，拔腿跑起来。转眼间就跑在他的前头。

傍生站住，愣了一下，然后喊起来。傍生像是一下子找到了救星，跟在爹身后跑。一边跑一边大声喊。

傍生喊，爹，你等等我，爹，你等等我，我是傍生呀，我是傍生呀！

奇怪的是，那天爹并不理他，跑得奇快。一眨眼的工夫就不见了。那个烈日炎炎的午后，8岁的傍生在村子的大街上跑得汗流浃背狼狈不堪，爹始终没有给他追上的机会。等累得跑不动了，他站住气喘吁吁喘粗气，又想起那两只麻雀，然后跑回去找，麻雀已经不见了。

真他娘的！傍生向土墙上吐了一口唾沫，骂了一句，然后气哼哼地走了。

那天，走进自家院子的时候，娘已经抹干眼泪，手摇蒲扇，从容地坐在屋里笑着和爹说着话，像从来就没有发生什么事情似的。只是爹像是刚刚患了一场大病，斜歪着身子，一语不发，也不敢拿正眼看娘。

看见娘后，傍生一马当先得意洋洋地跑过去，然后絮絮叨叨地对娘说他的战绩，他说，娘我用一个石子差一点打中两只麻雀，一个石子，两只麻雀呢……傍生说那些话的时候，娘一直在笑，而爹把头低得很低很低。

两只麻雀，两只麻雀。傍生那天在娘面前不停地絮叨。

洞房花烛夜

残阳西照，远处的群山抹上了一层柔和的金光。

石头娘踮起小脚，站在村头的大榆树下向山那边急巴巴地眺望。她身旁是一群红红绿绿调皮的孩子。此时，一个男孩正拽着她的衣襟在她身前身后左躲右闪，和别的孩子玩捉迷藏。

“别闹！你石头叔的高头大马快来了。”石头娘的话说得明显没有底气，咂巴着四处漏风的嘴巴虚声假气地说。

孩子们停下了胡闹，伸长脖子，原地蹦跳几下，然后垂头丧气地说，哪有哪有，还远着呢。石头娘的眼皮就秃噜下来。

这是石头娘第三次跑到村头看。山路远，石头的娶亲队伍天不亮就滴滴答答起程了，掐指算算时间，这时候也该回来了。别是碰上了山里的闲人懒汉，堵住了迎亲队伍，搬凳子坐在路中间听唢呐吹奏？也或许是新娘子恋家，舍不得爹娘，哭哭啼啼不愿走？再或许，是别的？

石头娘正胡乱寻思，远处忽然冒出一片响亮的唢呐声，滴滴答答，惊飞一群野鸟。一群迎亲队伍从远处的山坡下一点一点冒出来，接着一眼就看见了披红戴花骑着高头大马的石头。一顶小轿，火红火红的在远处跳跃。

石头娘立刻眉开眼笑，差几个山娃回家报信去，自己又张望了几下，用目光丈量了一下距离，转身一路小跑往回赶。还没跑到家，架在院子门口大杨树上的大喇叭就响了起来，是热闹欢快的《百鸟朝凤》，吵得全村都是欢快的鸟叫声。

一股炊烟从石头家的院子里冒出来。大米饭的香味以及酱肉的香味也飘出来。

盼了一天的事儿，终于有了着落。借着暮色，人群挤进院子里看新娘子。放鞭炮，拜天地，入洞房。一群人吃了饭又散去，只留下一群半大不小的年轻后生聚在院子里，一个个嬉皮笑脸摩拳擦掌任凭石头娘怎么骂怎么劝都不走。

头三天不论大小。这是山里的规矩。娶了新娘子，晚上照例是要闹洞房的。闹的是喜庆，是福气。照老理儿，不闹反而不好。

抽了烟，喝了酒，放几个响屁，说几句荤话，再趁乱在新娘子身上胡乱摸上几把。人多了，起哄让新郎新娘做几个有“难度”的游戏，做几个让人脸红的动作，等玩够了闹够了，才慢慢散去。有的新娘吃不消这等折腾，找个理由躲起来。可石头媳妇却不行，一揭开红盖头，那俊俏的模样就惹得一院子的女人眼红，惹得一院子的男人流口水。

天黑下来后，石头的洞房里就聚满了人，抽烟的、喝酒的，嚷嚷成一团。石头娘踮脚一路碎步往屋子里赶，又是递烟又是拿糖。这群后生可不敢得罪，得罪了，新媳妇不知道要遭多大的罪。

“轮流亲一个。”半大的喜顺先喊起来。

“轮流抱一个。”三十出头娶了媳妇的大柱咧着嘴嚷嚷。

新娘子红了脸，拧着身子一副不从的倔强样儿。不知是谁往前推了一把，新娘子只身倒在床上，一群人就“扑通扑通”往床上扑……

洞房里放着大喇叭的播放器，有人把它偷偷打开了，屋外也叽里呱啦地响起来。整个山村好不热闹。

“把石头轰出去，把新娘子绑起来！”玩到高潮的时候，大伙的兴致鼓涨起来，一把将新郎推出门外，从里面插上门，任凭他在外面胡乱拍打门板也不去理他。

有人还真的找来绳子，三下五除二把新娘子绑起来，一把扔在床上。任凭新娘子亲娘祖奶奶的骂都不行。

再骂，老子刮你两耳光。

夜深了，筋疲力尽了，一个个才悻悻散去。留着新娘在里屋哭哭啼啼，石头和石头娘站在门外赔着笑脸又是作揖又是磕头目送这帮祖宗远去。

一切还算看得过去。石头娘忍着泪水，摆手让石头进屋子睡觉。真正的洞房花烛夜，才刚刚开始。

快来人呀！有人上吊啦！

第二天，天还没亮透，随着一声响亮带着哭腔的呼喊声，一村的人都急急地往村头赶。

村头的老榆树下吊着一个人，火红火红的衣裳在风里招摇。

石头娘坐在地上双手捶着胸脯放声大哭。石头一脸死灰站在村头望向远山。

新娘子上吊死了。

昨晚，放在洞房里的扩音器，一晚上都没有关。一整晚，大喇叭都在直播洞房花烛夜的故事。

杰奎琳“智擒”肯尼迪

1953年1月，约翰·肯尼迪成功当选为美国参议院议员。那年，他35岁，仍孑然一身。风华正茂、意气风发的他，正意图在政治上一展报负。

同年，艾森豪威尔当选美国第33任总统。为了在新总统心中留下深刻的印象，他煞费苦心，通过朋友的介绍，邀请当时美艳绝伦的社交皇后杰奎琳·布维尔陪同他出席新总统的就职典礼和舞会。

正是那次相遇，在杰奎琳心中掀起了狂涛巨澜。面对这样一位英俊潇洒、极富魅力的年轻政治家，她怦然心动，开始了自己人生的爱情追逐。

那时，杰奎琳23岁，是《华盛顿先驱时报》的年轻记者。为了和心爱的人在一起，她开始利用自己的工作之便，以采访为名义，主动接近肯尼迪。

当她得知，这位年轻的参议员的午餐只是用纸包些简单的食品到办公室吃时，就常常带上热气腾腾的饭菜闯进他的办公室和他一同分享。当然，她也会“借机”问些诸如“你为什么一直未婚？”“有爱尔兰作家说，爱尔兰人缺乏爱的艺术，你同意这样的说法吗？”（肯尼迪是爱尔兰人后裔）等她关切的问题，写进她主持的报纸专栏里。

随着接触的日益深入，她对肯尼迪的爱恋也到了狂热的地步。她开始疏忽自己的工作，而抽出时间来帮助心爱的人处理工作上的一些繁琐事务，如帮助他撰写政治报告，或跑跑腿送送材料等。她还常常陪同他参加一些政治性的晚会，在他累的时候，为他提公文包。而工作之外，她会陪他到野外散步，到商场帮他选购服饰，陪他玩她并不喜欢的游艇或看他喜欢而她极为厌恶的西部片和惊险片电影。总之，为了肯尼迪，她开始心甘情愿付出所有而在所不惜。

面对杰奎琳异乎寻常的热情，肯尼迪表现出的更多是平静、坦然和理所应当。

对于出身显赫、家境富裕、前途光明、提倡独身主义的他来说，身边并不乏年轻女子的追求，而且他还是个情场老手，从来没有间断过对女人的追求，也从来没有失过手——这让他养成了对待所有的女人，一贯都是傲慢、自负以及无所谓的态度。

当杰奎琳身边的朋友知道了她和肯尼迪的关系之后，都纷纷过来劝她：一是他们年龄差距悬殊——肯尼迪大她 12 岁，他们看上去并不合适；二是肯尼迪政治前途不可估量，致力于政治，而且一直提倡独身主义，根本不会在个人的感情生活上多花精力，显然，他对杰奎琳的追求只是逢场做戏而已，所以“不要去碰党内最有资格当选的那个人”；而最为重要的是，这个男人的私生活并不检点——从大学起，他就是个以招蜂引蝶而闻名的花花公子。

但朋友的这些话语，不但没有阻止杰奎琳追求爱情的步伐，反而起到了推波助澜的作用。在这场胜算不多的爱情角逐中，大家都对杰奎琳的这种危险行为而感到担忧——害怕她最终受到伤害。

后来，杰奎琳的父亲也知道了这件事情。他并没有像别人那样出来阻止，而是提醒她——如果你真的喜欢他，现在这样做，是不行的。杰奎琳好奇地问父亲，应该怎么去做。父亲这样告诉她："不要给予男人太多，要有所保留，要使人觉得可望而不可即。"

父亲的一番话如醍醐灌顶，让杰奎琳幡然醒悟。

之后，她改变了和肯尼迪交往的策略，开始有意无意地爽约，甚至干脆拒绝他的邀请。有时，她还会在肯尼迪需要她的时候，不打招呼的突然从这个城市消失得无影无踪。这些莫名其妙的改变，让一向傲慢自负的肯尼迪极为愤慨。这些做法让肯尼迪的虚荣心不断受到伤害，更增加了他的不安感，同时大大激发了他的征服欲望。

当两个人的感情正谈得如火如荼时，她又一次不打招呼地从华盛顿消失了。肯尼迪找不到杰奎琳，极为窝火，于是动用所有的关系全城找寻。

几天后，在《华盛顿先驱时报》的报纸上，他终于弄明白了杰奎琳的行踪——正在英国伦敦参加伊丽莎白二世的加冕典礼，并要完成相关的采访报道任务。不久的一天，他收到杰奎琳从英国伦敦寄过来的信件。当他满心欢喜地打开来看时，信的内容却令他极为失落。杰奎琳在信中只字不提对他的思念，而是大谈她在伦敦参加了多少次舞会和酒会，遇到了多少英俊潇洒的上流社会的男人，而这些人，无一例外，都对她情有独钟。

这件事情深深刺痛了肯尼迪。不久，他便给杰奎琳回电。

而电报的内容是:“文章写得好，只是思念你。”这次回电，成了这位不喜欢浪漫言辞的未来的美国总统，一生唯一一次罗曼蒂克的函电。

爱情是一场智慧的博弈。至此，杰奎琳在这场胜算不多的爱情游戏中，大获全胜。1953 年 6 月 25 日，杰奎琳和肯尼迪，这对爱情冤家正式订婚，两个月后正式结为伉俪。

爱情一把盐

朋友峰的情路甚是曲折，二十五六岁了，爱情的那块芳草地上还是一片空白。当大伙都着急为他介绍对象时，他却突然将一位漂亮妹妹领到大伙面前，从容淡定地说，他已告别了单身时代，请大家别再操心了。于是，众人露出惊讶万分的神态，一时无法接受面前的现实。

在众人的心目中，峰其实属于那种大大咧咧的男孩儿，缺少对女孩子细心周到的关心，因此许多时候，爱情一开场，就很快落幕了，每段故事常常有很好的开头，却没有令人高兴的结局。可这次的爱情来得怎么这么顺利呢？想必只是一场爱情肥皂剧，那光彩的一幕只是虚幻的泡影？

我们的担心很快就被验证那是在瞎操心，因为峰和那漂亮妹妹马上就要结婚了，连婚纱照都照过了。峰带着漂亮妹妹开始经常成双入对的在我们眼前晃悠，更激发了我们的好奇。于是，有人猜想，峰一定受了“高人”指点，方修成了正果。再后来，就有人旁敲侧击，千里迂回地从峰口里套话；也有人四处打听，想从峰前后的“行动”里找到一些他成功的“蛛丝马迹”，可一切都是枉费心机。

不久，峰就和那漂亮妹妹结婚了，关于峰的情感探秘也渐渐降温。终于有一天，众人不再提起，让峰把它作为“传家宝”独自珍藏着。

然而，有一天，事情却出现了转机。当峰领着新媳妇儿和大伙儿聚在一起，毫不拘束地聊天时，有人问起她，峰这么笨的家伙，哪点打动了你的芳心？

媳妇羞涩地笑了，半天才开口——峰的细心、体贴打动了我。见面那天，一开始，我们聊得并不怎么投机，当我在心里开始打退堂鼓时，峰笨拙地说，你口渴了吧？我给你倒杯水喝吧！峰倒了杯水，还细心地加了点盐。我生性爱吃咸的，连喝水都不例外，交往过那么多男孩儿，只有峰注意到了这点儿。

她的讲述逗得大家开怀大笑，而峰也将嘴巴张得老大。等峰的媳妇出去后，峰喃喃地说，我加的分明是糖，怎么会是盐，难道我错把盐当糖用了？众人听后，又一次狂笑不止。峰的媳妇这时刚好回来，峰得意地笑了：哪呀，我那是故意的。众人又笑。

峰的爱情秘诀终于被人发觉。原来，爱情有时纯粹就是一种机缘。当爱情没有来临时，我们只需要耐心地等待。

谁说爱情都是甜蜜蜜，有时爱情就是一把盐。

望江南

春夜，柳躺在床上辗转反侧难以入眠。夜深了，睡不着的柳披衣下床，点起一盏油灯，提笔写字。

柳写：闲梦远，南国正芳春。船上管弦江面绿，满城飞絮混轻尘。忙煞看花人！

如豆的灯焰左右摆动上下跳动，柳眼都不眨动一下，专心写字。一缕青烟在屋子里袅袅升腾。眨眼间，两行娟娟小楷便飘落在纸上。写完了，豆大的泪珠也吧嗒吧嗒落下来，打湿白色的纸黑色的字。

柳想家了。想家中的父母，门前的小河。自从门外那把大锁落下，柳再也没有迈出屋门半步。望着黑漆漆的窗外，柳两行泪流成两条弯弯的小河。

柳家在江南，年方20。是周末，在江南一个小镇的集市上，被人骗走的。那时候，柳正在家乡的一所大学读汉语言文学专业。读书累了，她便想在闲暇的时候找一份挣钱的临时工。单纯可爱的她，禁不住别人花言巧语的诱惑，于是被骗了。

被骗了的柳，口中被人塞上一块手帕，装在一辆塞满货物的大卡车上，一路颠簸远离了家乡。车上的柳叫不出声，只能咿咿呀呀地挣扎。可是，隔着厚厚的车皮，谁会听见呢？再后来，闹累了的柳睡着了，醒来后便看见一个弯腰驼背一脸褶皱的糟老头子。柳明白了，自己被人当牲畜卖了，欲哭无泪。

买她的是一个叫鸿运的老头子。鸿运家有一座老宅和一个年过三十没有婚娶的傻儿子。

每天，开门送饭的时候，鸿运老头总会黑着脸问：寻思好没？想好了，今晚就入洞房。柳并不看他，低头听着，然后一把掀落放在桌角的碗筷。“哗啦”一声，碗碎了，热饭淋了老头一身。之后，便是沉重的脚步声和“咣当”一声的关门声，一把大锁“咔吧”一声再次落下。再后来，便飘出柳“嘤嘤”的啜泣声。

谁会可怜她，谁敢放她走呢？这就是她的命。

秋天的时候，已经瘦成干柴的柳还是没有答应，鸿运老头愁得眉头拧成了蒜疙瘩。秋风入夜几分寒，夜里，柳辗转反侧无法入眠，披衣起床，提笔写字。

柳写：闲梦远，南国正清秋。千里江山寒色远，芦花深处泊孤舟。笛在月明楼。

想家了的柳只有靠写字打发时光。转眼间，两行小楷便飘落纸上。写完了，豆大的泪珠吧嗒吧嗒又落下来，打湿黑色的字白色的纸。

写的什么，鸿运老头看不明白，他那个傻儿子更不会明白了。看不懂，便拿给街坊邻居看，文化浅没读过几年书的山民谁又能看得懂呢？还请了算命先生破解。算命先生是个花了眼的老头子，鼻梁上架着一副老花镜，把纸张举过头顶，看了半天，也只是不停地摇头。

不久，院子里来了个年轻后生，一身书生气，说识得上面字，还可见姑娘一面帮助开导开导。鸿运老头大喜，便打开西厢房请来人进去，然后落下锁立在窗下听。屋子里先是一番低沉的啜泣声，然后是低低的私语声。等房门打开，里面却传来了快乐的笑语声。那天，年轻后生不知使了什么魔法，姑娘竟然答应下来。年轻后生边走边笑着说，晚上即可圆房，快去准备吧！姑娘也露出笑颜，开口要吃的。鸿运老头乐不可支，忙去张罗。

是夜，掌灯的时候，村里的人都接到了吃酒的邀请，欢天喜地往鸿运家里赶。忽然，一片大火从村庄里冒起来，火光冲天——大火起自鸿运老头家的东厢房。喜酒自然是吃不成了，整村的人都跑去救火，呼天喊地的。鸿运老头家所有的房门都被人打开了。拿脸盆的，提水桶的，搬东西的，院子里熙熙攘攘，一片乱糟糟的。人群中，夹着一个年轻后生。后生手中牵着一个姑娘。姑娘一身红衣，艳若天仙，在人群中东躲西闪。

月上中天，一村的人还在忙着救火。两个瘦弱的身影已经在茫茫的大山里飘了很远了。深一脚浅一脚，奔跑了好久，两个人才停下脚步大口喘息。男孩子对女孩子说，看不见人影了，喘口气吧！女孩子才松了一口气，展开紧攥的手心，任凭一张纸条落到地上。

天亮了，鸿运老头家的大火已经熄灭，新娘却不见了踪迹，于是便四处找。有人在村外的山路上捡到一张写有字的纸团，展开看，上面写着：听话，晚上我来救你。

也在这一天，村小学一名刚来的叫江南的支教男老师不见了。

柳在纸上写的两首词叫做《望江南》。江南是柳大学时候的男朋友。

第五辑

第一百朵玫瑰

第二天，他带着那枝满含情意的玫瑰，心满意足地回去了。

其实，他要找的那个人偏瘫在床多年，都糊涂得不认识人了。姑娘没说这些，记者也不愿告知他残酷生活的真相。

罂粟花

她是那种并不漂亮、却十分有味道的女孩子。娇小的身躯，雪白的肌肤，如水的黑发，加上一嘴细碎的米牙和一脸浅浅的坏笑，乖巧可爱极了。

就是这么可爱的女孩子，却偏偏喜欢上了罂粟花。从她第一眼在电视里瞥见后就疯狂地迷恋上了它。她说，那花太漂亮了，太热烈了，怎么舍得让人不爱呢？其实她早就知道那是一种有毒的花，一直都知道，但她却怎么也无法拒绝自己那颗日渐蓬勃又狂热的心。

她背着家长老师同学偷偷收集了许多有关罂粟花的图片、资料和故事，然后，躲在无人的角落里痴痴地看沉醉地读。其中，有那么一张，让她格外迷恋：一张棱角分明的脸，灿烂地笑着，背后是大片大片的罂粟花。图片中火红的罂粟花太艳丽了，而男孩子又是那么帅，以致后来常常在她的梦中光顾，挥也挥不去。每每想起罂粟花时，她一定会想起他。

从没奢望过许多年后，她会见到他，可偏偏却又遇见了。那时她在读大学，还没交男朋友，太寂寞了，就常常独自一人到酒吧里消遣。那天她靠在吧台边了无生趣地喝酒，转脸时，看见他从远处微笑着走来，一下愣住。他冲她笑，她僵着的脸才融化出一片艳阳天。那种熟悉的笑一下子将她击倒。那种笑，记得从前只在图片中见过，那张脸也只在梦中无数次闪过，现实生活中哪曾见过呀？那不正是自己苦苦寻觅的他吗？她和他聊了起来，像是一对熟悉的老朋友，还碰了杯喝了酒。后来，喝得都有些醉意，他挑逗她出去开房，她哪里会拒绝呢？

从酒吧出来后，他揽着她的腰挥手喊出租车，满是酒气的嘴巴探到她耳边吹着丝丝热气。她的心被撩拨得痒痒的。他为她在一家豪华酒店里开了一个豪华包间，并斟满一杯红酒。他捧着她的脸说，喝，为我们相逢喝一杯。之后，一只白皙的手，轻揽了她的杨柳细腰，火热的唇，疯狂落满她的脖颈……

如果时光可以倒流的话，如果那晚她没喝酒，头脑清晰的话，他应是剥了她的衣服，然后把她托在掌心，轻轻放在床上，慢慢地揉。他应该是喘息着的，摇晃着的身体汗水淋漓而下。而她，一定在浅唱轻吟，如湖面上荡起一叶扁舟，那时明月正当空朗照。她应一直是笑着的，也一定在后来轻轻啜泣起来——幸福来得太突然了，她怎么会不激动呢？……后来她想——她想，她在酒吧看见他那一眼，是这样想的。她和他坐在出租车上，是这样想的。她喝着红酒，用迷离的眼神看着他，是这样想的。她独自躺在酒店的浴缸里，是这样想的。

对，是的。她醒来后，发现自己赤裸裸地躺在了包房的浴缸里。白色的浴缸里盛着她如瓷般洁白细腻的胴体，晶莹剔透大大小小的冰块在她身体四周漂浮着，轻轻撞击，发出“丁丁当当”好听的声响。他早已了无踪迹。她愣了，痴痴地想，他怎么撇下她一个人就走了呢？

许久，缓过神来，她瞥见一张细窄的白色纸条放在手边，上面写着：想活命，请打120。她明白一定出了什么问题，伸手去拿手机，手机就放在纸条旁边——他想得够周到的，她想。用麻木的手吃力地拨打电话，电话打出去了，对方说，别着急，说清楚你现在的位置。她哪里知道自己的位置呀！对方说，你别急，我们来帮你查，请你先查看一下自己的身体是否有什么伤口。过了一会儿，她惨白的脸上挂满惊恐，回话说，有，后腰的地方有两条二十厘米左右长的刀口。说出来那句话后，她感觉自己身体里最后一丝力气被抽了出去，身体立刻瘫软下来。冰水让她的牙轻轻打起仗来，她脸色惨白嘴唇青紫，目光再次一点一点迷离。

再次醒来后，她已经躺在医院里。医生对她说，姑娘，你需要肾脏移植，不然会没命的。这时她才知道，昨夜，自己把自己的两个肾给弄丢了，失望的灰尘落满她的脸颊，她嘴角挂着一丝惨败的笑，冰冷得如寒夜里的风。她忽然又想起了那张掩映在罂粟花丛中的笑脸，那张棱角分明的脸，那张充满魔幻的帅气的男孩子的脸。她看见，那是一张滴血的脸，血一滴一滴，砸落在地板上，溅起四散的血花，如一朵朵盛开的罂粟花。她躺在病床上胸脯高低起伏，泪水止不住从眼角流了出来。她轻轻喘息着，她说，再见吧，罂粟花，再见吧，我挚爱的罂粟花……

据说，黑市上，她的一个肾可以卖到30万元。两个就是60万呀！——可，一个鲜活的生命就这么没了。这些人真是作恶！

一个女医生捂着脸，远远地背着她，对另一个医生说。说完后，她撑开双手，露出红肿的双眼，掌心湿漉漉的，全是泪水。

如果你快乐就按喇叭

故事发生在美国南卡罗来纳州的一条高速公路上。

那天，威尔·鲍温开车去做一件事情。途中，他需要开车穿越南卡罗来纳州康威市外的沃卡漠河。刚上堤道，一个奇特的告示牌忽然闯入眼帘。那是一个手工制作而成的告示牌，文字写在一个破破烂烂的厚纸板上，厚纸板钉在一个像是五金商铺给人用来搅拌油漆的棍子上。告示牌夹杂在杂乱的垃圾与火蚁虫窝之间，像一面战场上不倒的旗帜。

告示牌上的语言很诱人——如果你快乐就按喇叭！

看到这个牌子，威尔·鲍温轻轻摇了摇头，讪笑了一下，心想，做这块牌子的人也太无聊了吧！他甚至嘲笑，这是有人在胡言乱语！快乐？什么是“快乐”，他似乎很久都不曾拥有过了。他想了想，即便是他最成功最快乐的时候，内心也总是充满担忧，总想着坏事情会什么时候突然降临。快乐是骗人的，或许死了就会快乐吧，他一直这样认为。

眼前的一切并没有打动他，他没有理会，继续开车前行——他的车喇叭安静得没有一丝声响。

几周后，他又载着妻子和女儿途经这里。这次，他们是前往一个冲浪海滩去看望朋友。一路上，他们伴着《最爱童谣》的录音带开心唱歌，共享美好时光。当他看到那个告示牌后，几乎是不假思索地按响了喇叭。

“嘟嘟嘟……”喇叭声在空旷的野外响个不停，格外嘹亮。

听到喇叭声，妻子好奇地问，怎么了，发生了什么事情？他把嘴巴努起来，指了指那个告示牌，笑着读，如果你快乐就按喇叭。妻子看着他的样子，开心地笑了。这时，连女儿也被这奇特的告示语鼓舞得手舞足蹈。

那天晚上回去，他们再次开车途经这里的时候，女儿早早就开始尖叫起来，爸爸，按喇叭，按喇叭！“嘟嘟嘟……”欢快的喇叭声再次响起来。那一瞬间，大家都被这个奇特的告示牌鼓舞得热情高涨，甚至是激动不已。

再后来，许多次途径这里，他都不忘按响喇叭，让喇叭声放肆地叫上一阵子。而且后来即便离开了这里，只要每每想到它，他就禁不住快乐地笑起来。

他开始对这个告示牌产生敬畏之情，甚至好奇地想要探寻它的秘密——这究竟是谁做的呢？

带着好奇心，不久的一天，他将车停在告示牌附近的高速路边，开始四处探寻。下了高速公路，穿过一片小树林，很快，他就在附近找到了一户人家。

威尔·鲍温轻轻叩响了房门，迎接他的是一个中年男人。他说明来意：你好，我在这树林另一边的高速公路上，看到一块用纸板做的告示牌，不晓得你知不知道这块告示牌的事。

中年男人并没有直接回答威尔·鲍温，而是用温暖的爽朗的笑回应他，那笑充满了真诚和感激。中年男人请他进屋坐坐，而且伸出一双大手很诚意地和他握手。之后，他们谈起了那个奇特的告示牌。中年男人告诉威尔·鲍温，那个告示牌是他一年前放置的。说到这里时，中年男人的眼中闪烁着快乐的激动的泪光。

他略带忧伤地说，前阵子，他太太生病了，医生说他们也束手无策，只好嘱托他们着手处理后事，还说她只有四个月的生命——顶多撑半年。刚开始他们吓坏了，然后很生气，接着便是抱头痛哭了好几天。终于，他们接受了妻子快要结束生命的现实，然后把医院的病床搬回家，让她躺在上面，静静地等待死亡的来临。

许多个夜晚，他的妻子躺在床上无法入眠，绝望淹没了她的灵魂。而他，则坐在阳台上陪着，内心灰暗得没有一丝亮光。有一次，高速公路上半夜骤然响起的汽车的喇叭声，惊醒了他。坐在阳台上正发愣的他，灵光一闪，突然想到，既然妻子要死了，为什么不让她快乐地死去呢？自从有了这个想法后，他开始重新振作起来。

他知道，他们家外不远处的那条高速公路，就通往美国最热门的观光景点——大海滨，一个长达60英里的大海滩。据说，每年有一千三百多万的游人要到那里度假。每天途径这里的汽车，不知道要有多少辆。难道还有比度假更快乐的事情吗？听到喇叭声响的那一刻，他忽然发现：原来，快乐就在他们周围。

为何不能让路人分给他们一些快乐呢？于是，他动手做了那个奇特的告示牌。

中年男人告诉威尔·鲍温，告示牌做好后，他将自己的想法告诉了病床上的妻子，然后静静等待奇迹的发生。起初，只有零星几声，后来按喇叭的车子逐渐增加，直到后来几乎是连绵不断不绝于耳。当妻子听到那些代表着快乐的喇叭声时，也随着快乐起来。因为她知道，她不是孤单地在阴暗的房间内等死，而是和别人一起，在尽情享受着全世界的快乐。

在他们谈话期间，不断有喇叭声从远处传来。

“嘟嘟嘟”“嘟嘟嘟……”听到那些喇叭声，威尔·鲍温感动得几乎要流下眼泪。忽然，他觉得，那喇叭声，是一张张从远方源源不断飘来的笑脸。听完中年男人的讲述后，他内心是沉痛的，也是快乐的，原来所有消极的想法都荡然无存。此刻，他仿佛看到病床上的女人，欣慰地笑着，笑着，灿烂无声地笑着，如一朵朵莲花，在莲池里无边地绽放……

把爱种在“心”上

这是一个真实感人的浪漫爱情故事。

霍维斯是英国一个朴实的农夫，住在英国南部的格洛斯特郡。1962 年一个诗意芬芳的日子，他牵着女友珍妮特的手，走进婚姻殿堂，接受亲友祝福。多年相恋，终成正果，幸福的笑容从此荡漾在两个人的脸上。

那时候，他英俊潇洒，她美丽如花。甜蜜的爱情，美满的婚姻，让两个人过着尘世间最美的生活。他把她视为生命中最珍贵的“宝”，倍加呵护。她款款深情，把满腔深情都交付于他。从一张旧照片中，我们见证了他们当初的爱情：照片中，两个人牵手站在广场一角，笑得异常灿烂。照片中的珍妮特穿着连衣裙，美丽动人，出人意料的是，她腰间的那条腰带竟然是丈夫霍维斯的领带。

幸福的生活总是不能永久。两个人携手匆匆走过数十载。1995 年的一天，50 岁的珍妮特突发心脏病去世了，两个人的爱情被上帝挥刀斩断。霍维斯痛失爱妻，终日伤心失意。哀伤之余，他默默思考着用什么方式来纪念自己的爱妻。

有一天灵感突至，他想出了一个绝妙的主意——在田地上造一颗“心”。

“种心”，这也许是霍维斯用自己的财富能做的最浪漫的事。他拥有 112 英亩土地，能完美地实现自己的愿望。

妻子去世几个月后，霍维斯开始了自己伟大的工程。他先用小橡树在田地上“画”出一个心形，然后和儿子一起，用橡树种子填满心形以外的土地，然后就是日复一日的精心呵护。那些日子，他看着土地里长出来的橡树幼苗，又看着它们慢慢长大，心中埋藏的爱意与日俱增。

十多年匆匆而过，父子俩亲手种下的橡树种子长成了参天大树，六千多棵橡树形成了一片6英亩的橡树林，而在橡树林的温柔包围下，是霍维斯献给妻子的那颗“心”。而心形的尖端，正好指向珍妮特的故乡。

后来，霍维斯在心形区域又种上美丽的黄水仙。在英国，这是一种被称为“春天的使者”的花。当春天来临，成片的黄水仙美丽绽放，这片心形区域成了花的海洋，远远看上去美丽极了。

没事的时候，霍维斯会穿行在自己的橡树林里，回忆他和珍妮特在一起的美丽往事。有时候，他还会走进树林深处，坐在自己亲手做的长凳上，欣赏水仙盛放的美景。有一次，霍维斯竟然一个人偷偷乘上热气球飞上天空，从天上俯瞰自己的杰作。

十几年来，没有外人发现这个秘密。如果不是有热气球偶然飘过，这个酝酿了17年的爱情故事还不会被人知道。2012年7月的一天，42岁的热气球爱好者安迪·科莱特乘热气球经过霍维斯的庄园时发现了这个天大的秘密。当这个由绿橡树和黄水仙构成的巨大心形进入他的视线，随着气球飞行由远而近、从蒙眬到清晰，科莱特简直不敢相信自己的眼睛。

“一个完美的心形，藏于大地的怀抱，你难以想象它会在那里。”科莱特被眼前的一幕深深震撼了。他说，那绝对是他所见过最震撼的景象。

当科莱特知道霍维斯的故事后，他感叹不已，说：“这样的爱情故事，只存在于想象中。”

不久，霍维斯的故事公之于众，感人无数。

英国网友尼克就留言说：“不敢相信，今天还有这样的爱存在。”还有一位网友说：“我很少哭的，但这次真的哭了，真美！”

绝大部分读者表达了对霍维斯的敬意，“一个多么棒的男人”，“他有一个甜蜜的爱的灵魂”，“愿上帝保佑他们的爱情”。

许多人听到他的故事后，感动得落下了泪水。尤其是他用如此隐秘而宏大的方式向妻子致以最后爱意的行为——那种英国人特有的低调劲儿，更让人赞叹。

第一百朵玫瑰

他站在深秋的暮色里，忽然感到内心无比悲凉。

他想起50年前他还是一个意气风发的青年，一转眼，却已霜染双鬓白雪盖头。他不知道，这时光是否也将她变得面目全非，一想起来就有些吓人。不过放眼望去，他看到浅水塘的风景依旧，不大的水面，秋水鳞波含情脉脉，湖边依旧是挤挤挨挨的堤柳。现在，因为秋风光顾，那些柳叶不胜寒凉，开始飘落，一些叶子还落入水中，成了蚂蚁的诺亚方舟。

就在昨晚，他接到当地电视台记者的电话，得知她终于答应与他相见，时间定在今天下午4时，地点选择在小城公园里一个叫浅水塘的湖边。接到那个电话后，他坐立不安，激动得一夜未眠。

为了见她，一时兴起，他想把白发染成黑发，再到花店预订99朵玫瑰。他把这些鲁莽的想法给记者说了，想征求一下他的意见。记者听后没说好，也没说不好，只是不停地鼓励他。这让他信心倍增。

今天早晨天一亮他就出去了。下午的时候，他西装革履手捧一束鲜花来到公园。时间尚早，趁她未到，他在公园里遛起弯儿。踩着当年走过的小路，摸着当年抚过的柳树，想一些往事。他想起几十年前，这里曾是他们的初识地。那时候他才20岁，正上大学，适逢暑假，闲得无聊，便随一个同学慕名到此小住几日四处游玩。那天同学有事早早离开了，他便独自漫步湖边，恰好遇到了她。第一次见她，她着一身红裙，站在湖边一棵柳树下吹笛子，笛声哀婉，有几分寂寞与哀伤在里面。他循声而至，站在她身后，默默听她吹奏。直至她回过头来吃惊地看他。真是一见钟情啊，很快他们就互诉衷肠坠入爱河……再后来，他离开了，仍然不断写信给她。不久，一件家族事务把他卷入一场官司之中，很快家道败落，他莫名其妙地锒铛入狱十年。从监狱中出来后，他觉得再也没有脸面见她，便下定决心永远不去打扰她的生活。这样一晃过去很多年。直至近来，他感觉人生暮年，时光不多，才又念起了她。他从北方来到南方小城找她，还托了当地的电视台找寻。经过一番周折，他才得知她的一些信息，知道她现在家庭幸福儿孙满堂。

时光在煎熬中慢慢流逝，走累了，他手捧99朵玫瑰，望向公园门口，站在夕阳中翘首企盼。他还有几分当年玉树临风的影子。当然，他脑海里全是她当年顾盼生辉的青春丽影。他低头看了一下手表，时间就要到了。记者也把电话打来，对他说，她要到了。他紧张得手心全是汗。

他就站在当年她吹笛子的柳树下等她出现。

突然他听到公园门口一片喧闹，举目望过去。后来他看见一群穿红裙子的姑娘，说说笑笑，向他这边走来。远远望去，像一团团流动的火焰向他扑来。他眼眶里瞬间满是泪水。

姑娘们来到他身边的时候，纷纷向他问好。他直愣愣站在原地不知如何是好。不过，他很快回过神来，开始在姑娘堆里寻找着那个心目中的她。可是人太多，把他的眼睛都看花了。再后来，每一个姑娘从他面前走过，他就送她一枝玫瑰。他看见那些得到玫瑰的姑娘，捧着玫瑰，激动得脸颊红扑扑的，悄无声息地从他面前离开，远去。

夜幕降临的时候，浅水塘终于安静下来。他独自站在风中，两手空荡荡的。他回味刚才的一幕，仿佛又一次回到年轻时光，内心失落且惆怅。

他知道，她一定是不想见他——她不想破坏在他心中的美好形象。

回去的路上，他给电视台的记者打去电话，表示感谢。他说，见到她了，还是当年的样子，很满意。

回到宾馆后，他开始整理衣物——他决定第二天就回去。这次来访他心满意足了。

忙碌中，他忽然听到一阵急促的敲门声。走过去开门，一位穿着红色裙装的姑娘站在他面前。

姑娘手捧一枝玫瑰，来为他送别。

他觉得姑娘似曾相识，细细端详，那眉眼与神韵，像极了当年的那个她。

一时间，他手捧玫瑰，幸福得“呜呜”地哭起来。

姑娘是代奶奶而来的。姑娘说，奶奶要送他一支玫瑰并祝他一路平安。

第二天，他带着那枝满含情意的玫瑰，心满意足地回去了。

其实，他要找的那个人偏瘫在床多年，都糊涂得不认识人了。姑娘没说这些。记者也不愿告知他残酷的生活真相。

一对海鸥的生死爱情

太平洋上有一个孤岛，四面环海，远离大陆，很少有人能够到达这里。因此，这里也是个人迹罕至的地方。只是，这里偶尔会有过往的船只路过，偶尔会有慕名而来的科考队光临。

小岛有个特别的地方，就是岛上生活着数以万计的海鸥。这里的海鸥与众不同，身体硕大，飞翔时，展开的双翅足有一米来宽。羽毛也与众不同，一般的海鸥羽毛大多是银灰色的，而这里的海鸥通身羽毛雪白，锋利的嘴巴是由红、橙、黑、黄四种颜色组成的，如同美丽的宝石镶嵌在白色羽毛环绕的头部。美丽的海鸥每天都在不停地飞翔，体能消耗很大，身上没有一点多余的脂肪，因此姿容也十分俊美。

由于小岛远离陆地，一年四季都很少有人光顾，加上岛屿上少有天敌出现，海鸥就这样自由自在地在这里生息繁衍。它们以啄食周围渔场里的小鱼为生。

有一年夏季，一个地质考察队来到这里进行地质考察。而每年的4 ~ 8月份，正是岛屿上海鸥最繁忙的季节。它们用海藻、枯草、羽毛、贝壳等东西在悬崖上筑巢，然后在里面产卵。海鸥产下的卵颜色多变，十分的美丽。

一个考察队员，听说这里的海鸥卵颜色十分好看，就好奇地攀爬到悬崖上想掏几个看看。无意间，他捉住了一只小海鸥，令他惊喜不已。他决定带它下山。小海鸥惊恐万分，在他的手中不停“唧唧”地惊叫着，挣扎着，像是在向其他海鸥求救。小海鸥的鸣叫声惊动了其他海鸥。一时间，海鸥成群结队地赶来营救。

那个考察队员带着小海鸥赶紧往山崖下爬，刚落地面，头顶上便聚集了成千上万只的海鸥，遮蔽住了他头顶的天空，像忽然从远方飘过来的浓郁的白云。海鸥在他头顶的上空盘旋，鸣叫，展开攻击。它们的攻击方式很特别——轮流往那个队员身上“噼里啪啦”地拉屎，命中率几乎百分之百。刹那间，他头顶的天空就下起了白色的暴雨，瞬间工夫，那个队员的全身就被臭气熏天的海鸥屎涂成了白色。

而且，与此同时，海鸥还在铺天盖地地从四面八方向此云集。形势万分危急，一场激烈的人鸟大战马上就要展开。

情急之中，那个队员拔出手枪斜向天空开了一枪。

“啪！”

一声枪响后，只见一片白影从空中坠落了，天空中快速划过一条亮丽的白线——那是一只被枪击中的海鸥。

那只被击中的海鸥在空中只挣扎了几下，就如陨石般坠落到了海里。那是一只受了伤的海鸥，中枪后并没有死去，坠落在海面上后。它开始漂浮在海面上，继续挣扎着，远处的海面殷红一片。

这时，突然从海鸥群里飞出一只海鸥，急速而下，也落在那片海面上——就落在那只受伤的海鸥旁边。它紧紧挨着那只受伤的海鸥，并排漂浮在海面上，随波而去……

天空只剩下成群海鸥盘旋不忍离去的身影，以及此起彼伏、不绝于耳的悲痛的鸣叫声。那个考察队员愧疚又无奈地放下手中的小海鸥，让它自由快乐地走向远方。所有的考察队员，都静静地站在原地，一动不动，举目遥望着远方的海面。

太阳开始落山了，海鸥渐渐散去。那对海鸥，也渐渐在远处水天一色的海面上一并沉没了。

所有的考察队员都目睹了那惊心动魄震撼人心的一幕，眼角流出咸咸的液体，除了深深的自责和忏悔外，一种莫名的痛也开始永远镌刻在心中——那是一对海鸥用生死爱情留给人类的最后乞求。

桂 花

明月高悬，丹桂飘香。

月光从天上泻下来，院子里一池银子般的光亮在微风的徐徐吹拂下，起了褶皱，闪着鳞波。整个院子仿佛成了一面微蓝的湖。8月的夜，静得出奇。桂花家院子里正中央那棵桂花树，此时正嘎巴嘎巴恣意地开放，抖落一院子的香气，待人来嗅。

本来是要睡的，可怎么也睡不着。翻来覆去折腾了半宿，桂花又翻身起床，披一件薄薄的外衣向外走。咯吱一声，推开一扇木门，踩一地月光，袅娜着来到桂花树下，站住，抬头，静静地仰望着头顶一轮明月。

一动不动，一愣就是许久。

定是想人了，低下头来的时候，桂花的眉头已经挽成一个疙瘩，白净的脸在这明净的月辉中竟然是灰沉沉的。来时，她捎来一面手帕和几个彩色的线团，反正睡不着，不如就着满院的月光把那幅鸳鸯图了。想着想着，桂花就坐下来，坐在桂花树下的木椅子上开始做起了女红。飞针走线，织出来的是她细密的心思，穿插腾挪，绣出来的她是浓稠的相思。

5年前，大军走的时候牵着她的手信誓旦旦地说，当兵回来，一定娶了她当媳妇。可5年转瞬即过，大军竟然音信全无消失得无影无踪。桂花也曾给他所在的部队写信，回复的却全是查无此人。眼看着村里一茬一茬的姑娘出嫁的出嫁生子的生子，自己仍孑然一身，这可愁煞了人。爹和娘不知劝了多少遍，可桂花那颗心丝毫没有动摇。

就等大军哥了，非他不嫁。吵翻了脸，桂花就生气地丢出一句话。

这句话不光是撂给爹娘听，也是甩给全村的男女老少听的，自然包括大军的爹娘。可那句话不过是丢进湖里的一块石头，“扑通”一声砸出一个水花后，再也不见了动静。大军家的人竟然对此毫无反应，一副漠不关心的态度。这让桂花很意外。也曾想过找他们家人理论，可想了半天，她迈出家门的脚又退了回来——你是人家什么人，是未过门的儿媳妇？当然不是。那凭什么人家会给你一个说法呢？

事儿就这样僵持到这儿，进不了，也无路可退。但放出去的话如泼出去的水，想要收回来可就没那么容易了。自从这句话传出去后，便再也没有一个媒婆踏进她家院子半步。仿佛桂花真的是个定了亲事的人。可又真的不是。你说别扭人不别扭？

想大军哥的时候就绣鸳鸯，一幅一幅地绣。

此时，爹娘已经睡去，爹的呼噜声“咕噜咕噜”地一浪高过一浪地从西厢房里隐隐约约地传过来。娘睡着睡不着听不出来，但猜想应该是睡不着的。

夜已经很深了，事情仍没想出一个所以然，枉费了一段大好时光，绣着绣着，桂花就怨忖起来。不想了！桂花起身决定回屋休息，她刚欠了一下身，屁股还没完全离开椅子，只听“啪嗒”一声脆响，院子正中落下一个布包。

谁？

桂花吓了一跳，起身问，然后瞪大眼睛一脸惊恐地对院子四周扫了一圈又一圈。

竟然没见半个人影儿。

又等了一会儿，还是悄无声息。

桂花迟迟疑疑地走过去，弯腰捡起那个布包，抖开看。里面竟然放着一块摸着冰凉又光滑的石头，还有一封信。

拆开来就着明晃晃的月光读，读得桂花的脸开始五颜六色地变，从红到绿，从绿到黑，而后到紫，最后成了一张毫无血色的白，苍白得连月光都衬得毫无光彩。然后，桂花开始呜呜咽咽地哭起来，很快惊动了西厢房里的爹娘……

半年后，桂花的亲事终于定了下来。再也不等了，等下去还有啥意思呢？很快，迎亲的花轿就抬到桂花家门口。一阵鞭炮响过，桂花泪眼花花地走出家门，弯腰一低头，坐上花轿走了。

转年间，桂花怀里抱上了娃，新生活又重新开启，但她那颗心却还是沉重的。哪能轻易就缓过劲儿来，于她那么重要的一个人哪会轻易忘却呢？

有一次，桂花带娃回娘家。在街上，一抬头竟然撞见了“鬼”，吓得她脸色惨白。

大军哥，你……你……你是人还是鬼？桂花哆哆嗦嗦地问。

一身戎装的大军只是眼泪“吧嗒吧嗒”地落。咬着嘴唇，一语不发。

当然是人，大白天哪会有鬼？待桂花明白过来，怎么都无法接受眼前的事实。两个人当街对峙了一会儿，那出戏怎么都续不下去的时候，是大军先动的身子。转身走的时候，桂花看见他甩着空空的袖管与一瘸一拐慢慢离去的身影，怔住了。

桂花从怀里又掏出那封信，抖开来一遍遍地读。两行眼泪止不住地往下淌。

那是一张部队发来的阵亡通知书。

还能说什么呢?

价值800万英镑的“爱”

2010年11月30日，温莎公爵珍藏的珠宝在伦敦拍卖，以将近八百万英镑的高价大破拍卖纪录，被人们称为“价值800万英镑的爱”。

而此之前，两个人的遗物就曾被高价拍卖。2004年6月17日，温莎公爵这位英国前国王爱德华八世的一批遗物，在意大利罗马的克里斯蒂拍卖行公开拍卖。他写给辛普森的14封情书以接近两万美元的价格拍出。爱德华八世在放弃王位前写给辛普森夫人的情书中署名“戴维”，并且以“男孩”自称，把辛普森夫人亲昵地称为“女孩”。拍卖物品还包括辛普森夫人在恋爱期间赠送给爱德华八世的一只黄铜制小熊，成交价为3968欧元。他们1935年在奥地利滑雪胜地的第一张合影照卖了3720欧元。爱德华从祖母维多利亚女王那里得到的一个玻璃项坠以6820欧元成交。

面对如此高昂的拍卖，事后，许多人质疑，珠宝是否物有所值，而拍卖公司给出了这样的回复：“这不仅是珠宝，而是历史的一部分，铭刻着一个男人为爱一个女人能放弃所有的决心。”

1910年，遵照王位继承法，英王乔治五世和玛丽王后的长子爱德华，被立为英国王储。这位王储一反英国王室历代王储体弱多病的积弊，长得高大健壮，英俊秀美。“一战”爆发后，年轻的王储主动服役参战，在战壕里摸爬滚打，出生入死。战后，他又代表英王遍访欧美各国，深得各国政界领袖好评。此外，他常常便装简从，出巡街头厂矿，关照劳工生活。英国人深为大英帝国有一个好储君而骄傲。

王储年满20岁后，依照宫廷礼仪，王室开始给他物色王妃。一时无数窈窕淑女，竞相争宠献媚。未料，年华正盛的他冷若冰霜，全然不睬。直至30岁后，他仍然孑然一身。

1931年6月，已经37岁的爱德华心血来潮，又玩起搁置已久的老把戏，换上便装，一身普通佣工打扮，登上一列便车，只身出外游玩。空空荡荡的火车里的偌大一个包厢，除爱德华外，只有一个单身女人。女人长得金发蓝眼，皓齿厚唇，体态丰盈，秀色可餐。言谈间风情千种，移步时仪态万方。此时的爱德华偷窥良久，怦然心动，不禁一改在女人面前若冰霜的冷面郎君习惯，主动与那独身女子攀谈……两个人天南海北，无话不谈，话越说越多，一发不可收拾。爱德华平生第一次这么投入，倍感身心愉悦。而此时，这位单身女子却不知王储的真实身份，只把他当做一个普通劳动者而已。

列车上邂逅后，两个人一见钟情，频频约会，形影不离，双双出没于上流舞场，下等酒吧。泰晤士河游艇上，维也纳多瑙河岸，意大利比萨斜塔，到处留下王储的开怀笑声和情人的莺啼软语。不久，有关两个人的故事，成了新闻焦点和人们街头巷尾热议的内容。他们一个风流倜傥，一个绝色倾城，可谓天造地设的一对璧人。于是有人开始大谈，女子被立为英国王妃的可能性。但这一猜测立即被洞悉英国王室继位惯例的人们否定。因为她——辛普森夫人虽有沉鱼落雁之色，浑身上下透露出雍容华贵之气，但她年长王储好几岁，有过婚史，出身于贫贱人家。不仅如此，她还是美国公民。一向高傲无比的英国人，是绝不会接受一个已婚的美国妇女作为自己国家未来的王后——这有损于大英帝国的赫赫威名！而且，大家都愿意相信，王储钟情于辛普森夫人不过是逢场作戏，一场闹剧而已。

1936年，英王乔治五世驾崩。按王位继承法，王储继承王位，封号爱德华八世。年轻的国王文韬武略，年轻有为，确实是君临天下的合适人选，英国人为自己国家有这样一个贤明的新国王额手称庆。但不出几个月，这种欢乐之情就被忧郁替代。11月16日，新国王登基还不到一年，就和首相斯坦利·鲍德温见面，表达和辛普森夫人结婚的想法。爱德华八世的荒唐想法立刻掀起了轩然大波。英国王室、政府、议会两院大惊——按照王室遴选后妃的惯例，这万万不可！首相坦言相告，这种想法在精神上是不可被接受的，因为他们作为英国国教会的领袖，根据英国国教的教义离婚和再婚都是不能被接受的。另外，根据1931年《威斯敏斯特法案》，任何对关于国王头衔和王位继承问题的变动必须经过英联邦各自治州政府的批准。而且，人民也不能接受辛普森夫人为王后。之后，国王提出了另外一个结婚方案，那就是辛普森夫人在婚后不拥有王后头衔，他们未来的孩子也不能继承王位，但这个方案也被内阁断然拒绝了。此时，澳大利亚、加拿大和南非政府已经正式公开宣布反对国王迎娶离婚女子。一时，爱德华和辛普森，被众人置于风口浪尖。

不久，首相鲍德温代表政府、王室、议会向国王提出：英国不能接受一个美国人为王后，国王只能在王位和辛普森夫人之间作选择，如一定要与辛普森夫人结婚，就必须下诏退位！

爱德华八世从没想到，在他执政的短短几个月，他的婚姻会引起如此之大的风波。如果硬要坚持，必然引起宪法危机。经过几天考虑，他作出艰难抉择：选择退位，与辛普森夫人结婚。

1936 年 12 月 12 日，爱德华八世正式退位，其弟约克公爵继位为王，称号乔治六世。43 岁的爱德华八世辞去王位后，受封为温莎公爵，成为英国和英联邦历史上唯一自动退位的国王。不久，他即与辛普森夫人在法国顺利成婚。婚后，两个人双宿双飞，恩爱无比。温莎公爵虽然失去王位，却得到佳人，这种不爱江山爱美人之举，一时成为佳话。

1972 年，温莎公爵无疾而终，享年 78 岁。1986 年，温莎公爵夫人逝世。至此，两个人的爱情故事成了永驻人间的佳话。逝世前，她把两个人的信件及其他物品交给服侍她长达 38 年的法裔男管家萨纳格尔。萨纳格尔夫妇随后又把这些物件转交给他们的一个外甥。这名不愿透露姓名的男子，决定把遗物拍卖。

2010 年 11 月 30 日拍卖的这批珠宝，记录了温莎公爵和辛普森夫人从相识相爱到 20 周年结婚纪念的幸福时光，许多首饰上都刻上文字，记录对彼此的誓言和爱意。其中，一个卡地亚的罗盘上刻着这样的文字——“没有借口朝错误方向前进”。

爱情十年

那年，他暗恋上了一位女生。那时候他才18岁，正值年少轻狂，许多人与事他都不屑一顾，可是坐在他前排的那个女生却让他怦然心动了。每次听课时，他都会用眼睛的余光罩住女孩背对的身影，在老师不注意时，用最温情的眼神呆呆地观望。

高三的学习生活是紧张而忙碌的，他不敢多想，可每夜的梦中都会闪现她的身影。他让朋友为女孩捎去一张纸条。女孩收到了，竟然准时赴约。

在学校后院那条静寂的小路上，他们互诉情语，交谈至深夜。他说，他暗恋她很久了。她说，她知道。她又说，每次到教室的后面扔用过的废纸时，她都会偷偷地看他几眼，因为平时她只能把他装在心里，那种思念的滋味实在是难受。他笑了，笑的是那样灿烂。

他们相爱了，在人生最宝贵的时光里相爱了，爱得那么深沉、热烈和义无反顾。

高考结束后，他们都落榜了。知道结果时，没有眼泪，没有悲伤，他们竟然有种莫名的庆幸——彼此不会因为失去对方而伤心。

毕业后，他们进入了疯狂的爱恋，爱几乎成了他们生命的唯一。可双方的父母都极力反对，他们只能生活在矛盾的情愁里。他开始愤恨，恼怒，悲伤，失望。第二年的春天，他带着不满情绪和别人争吵时打起来。结果，对方致残，他被判入狱9年。入狱前，女孩偷偷地来看过他，说她会等他出来的。听着她动情的话语，他泪流满面。

9年啊！漫长的铁窗生涯里，每日都是思念。他相信她一直在等着他，他每夜的梦里都是她寂寞的身影。28岁那年，他出狱了，一脸阳光的等待着家人的接应。可是，没有一个人来接，连她都没有出现。他在想，是她忘了吗？

带着疑问与不安，他匆匆赶路。他想见她的念头实在是太强烈了。在快要到她家的路口拐角处，他站住了。他看见一个头发有些凌乱的女人正带着一个两三岁的小男孩在玩耍，那女人不正是她吗？

他不该相信眼前的一切，又有些不甘心。他想弄清眼前的一切，开始继续往前走。夹杂在匆匆而过的人流里路过她身旁时，他发现她向他抬头望了一眼。在他激动的快要出声时，他发现她只是用淡漠毫无情感的眼神从他脸上匆匆掠过，像两个陌生人擦肩而过的那样，没有问候，没有惊喜，也没有怨恨和悲哀。

他呆了，痛了，十年的爱情竟然在弹指间灰飞烟灭，化为尘土。过了一会儿，他似乎又想明白了，十年的爱情又怎会不老呢？

回来的路上，他遇到了一位故人。从他那里得知，在他入狱后的月末，她就被父亲逼迫着嫁给别人，就在那年冬天，她疯了。

十年的爱情足以让沧海变成桑田。站在街头的风里，他泪流满面，忽然读懂了人生。

萨马兰奇的爱情问候

2000年悉尼奥运会，是萨马兰奇离任之前，以奥委会主席身份参加的最后一届奥运会。许多人都不知道，在奥运会开幕式之前的几个月中，他的妻子玛莉亚正遭受着病痛的折磨——癌症随时都会夺去她的生命，而他只能眼睁睁地看着她慢慢离去，却束手无策。望着病中的妻子，他告诉她和儿子，他将留下来陪伴她走过人生最后的美好时光。听到这个决定后，她极力反对。她劝告他，他应该全身心地投入到自己的事业中——她不想让他的人生留下遗憾。

妻子的理解深深打动了萨马兰奇。2000年9月15日，悉尼奥运会开幕式上，人们再次看到那个须发皆白但精神抖擞的熟悉身影。萨马兰奇主席如约坐在主席台上，和全世界热爱奥林匹克运动和和平的人们，共享这一美好时刻。全球200个代表团的11000多名运动员，参加了这届21世纪的第一次奥运会。当朝鲜和韩国代表团握着手走进会场时，萨马兰奇和全场12万观众一起起立欢呼——为代表人类和平、团结、进步的奥林匹克运动而激动不已。

此刻，人们并不知晓，一脸兴奋快乐的萨马兰奇主席，内心却极度痛苦。他正在深深地担忧着病痛中的妻子，疾病有没有夺去她的生命，她能不能等她归来？

开幕式上，在他用英语和法语交替致开幕词之前，这位当今体育界最显贵的人物，却出人意料地先朝着镜头轻声说了句西班牙语——你好，西班牙！

这个微不足道的细节，太渺小了。人们以为，或许这个老头子是高兴过了头，抑或是在为自己的即将离任而伤心。当时，还沉浸在奥运狂欢之中的人们，谁会深究它的深意呢？

此时此刻，全世界40亿狂欢的人群中，只有一个人读懂了它，那就是躺在巴塞罗那的病床上看电视转播的萨马兰奇的夫人玛莉亚。玛莉亚知道，这是丈夫用自己所能选择的最直接的方式，向自己问好。这句爱情的问候，直白而又含蓄，它穿越千山万水，让她病痛中的心，立刻盛开出一朵朵火红火红的玫瑰。

开幕式在欢乐祥和的氛围中继续进行，萨马兰奇依旧平静如常。没有人注意到，快结束时，萨马兰奇主席匆匆离座，悄然离开了人群。他刚刚接到了一个来自巴塞罗那的电话，电话传来一个不好的消息——玛莉亚快不行了。离开主会场后，他匆忙登上了一架私人飞机，火速向家乡的方向飞去，一路上他心中波涛汹涌，久久无法平静。21小时后，在离巴塞罗那只剩下2小时的行程时，无线电里传来的消息几乎把他击倒：玛莉亚已经去世了。

两个小时，一条赤道，就这样将这对已经相互陪伴了半个世纪的老人，分隔在生和死的两个世界中。

到家了。望着已经故去的爱人，一夜之间，萨马兰奇老了许多。他吻着妻子冰冷的额头。人们第一次看到这个一世强硬、从不低头的男人在不停地流泪。前一天还在悉尼风光无限的萨马兰奇，突然间像个孩子那样无助。他只会喃喃地重复着一句话："她是个好女人，我非常爱她，非常爱她！"

47年前在巴塞罗那的舞会上他们相识。47年，17155天，411720小时，能一直牵着手风雨无阻走过的只有那个人，一切一切，还历历在目……1955年，萨马兰奇作出了一生中最重大也是最正确的两个选择：一是主持举办了地中海运动会并借此进入国际体育界；二是在当年圣诞节后第一天，牵着玛莉亚走进了教堂。而嫁给萨马兰奇之前，玛莉亚是巴塞罗那的社交名媛，这位前西班牙选美冠军会5种语言，擅长钢琴、绘画，职业为记者。此后50年，萨马兰奇无论是把奥运会商业化推进到登峰造极，还是曝出"黑金选票"的丑闻，玛莉亚，这个为了不平凡的丈夫而选择平凡的女人，一直默默地为他操持着家庭。萨马兰奇爱吃鲫鱼和酸奶，于是这便成了玛莉亚最擅长的厨艺；玛莉娅认为成熟男人穿米色西装最潇洒，于是萨马兰奇在很多重要场合都穿着米色西装。玛莉亚为萨马兰奇养了一双儿女。当萨马兰奇把生命中2/3的时间用于在世界各地飞行的时候，是玛莉亚独立担起了"奥委会第一家庭"的责任……

玛莉亚的葬礼隆重而感人。包括西班牙王后索菲亚在内的800名贵宾，参加了玛莉亚的葬礼。葬礼上的萨马兰奇，穿着黑色西装，眼里满是泪水。他的左手放在胸前——心脏的位置。

后来，西班牙人有一个让人听了都会流泪的说法：17是萨马兰奇的吉祥数字——他的生日、第一次当选奥委会主席的日子、选定的退休日以及许多重大决策的日子都是17日，而玛莉亚，这个伟大的女人在被癌症折磨了很多日子之后，选择在16日留下她在这个世界上的最后一次微笑。

萨马兰奇一生留给妻子的，没有过多的陪伴，也没有过多的照顾；唯有的、最为珍贵的是他的那句公开的、面对40亿观众，而独独说给妻子的爱情问候——你好，西班牙！

第六辑

那些时光的快乐与忧伤

然而，往昔终究成为往昔，我们谁也无法挽留，所以，只留回忆和寂寞的相思，让它慢慢随时光一点一点淡去，直至了无痕迹。

平凡生活中的浪漫

寒冬里，穿行在上班的路上。途中，我见到一对情侣合骑一辆自行车在赶路，伴随着快乐的说笑声慢慢地驶向远方。忽然一声“唉哟”，两个人重重地摔倒在地上。没有悲伤的叹息，只有更快乐的喧闹，更快乐的相互抱怨。望着他们沉浸在幸福中的身影，我的心中忽然涌起一个美丽的词汇——浪漫。

秋日里，一对夫妇推着推车去卖一头肥猪。丈夫油黑发亮的脊背在太阳光照射下冒出了“油”来。妻子满是褶皱的脸上，写满了收获的喜悦。猪卖了。妻子怀揣着钱，跳上推车。“驾！”一声喊声后，丈夫使劲推车一路狂奔。“卖猪啰！卖猪啰……再卖一头啰！”空中回荡着丈夫快乐的叫卖声。捧着书，读到此处，我的心中再次会涌现那个美丽的词汇——浪漫。

夏日里，小伙子在姑娘家的农田里浇地。地这头是姑娘翘首企盼的身影，地那头是小伙子挥汗如雨的镜头。地两头的距离相距甚远，只能默默相望，却不能互诉情语。路旁漫步的我，在这静默的审视中同样会再次涌现那个美丽的词汇——浪漫。

春日里，朋友小李相亲了。回来时，我问他，和姑娘见过面后，又到哪里去游玩了。小李只是羞涩不语，问急了，才难为情地说：“到我家的麦地头转了一圈！”看他那神情，一副甜蜜幸福的样子。我却猛然一愣，心头一惊："这也叫做浪漫？"不可思议的眼神里，装满了惊奇与嘲笑。可来年的春天小李结婚了。结婚那天，我见他春风得意，一脸荣光，幸福得很。带着疑惑，我也和妻子来到麦田边，体验一下那非同寻常的浪漫。春风里裹着麦苗的清香，视野里满是碧绿。望着空旷又充满生机的四野，我们两个人的心欢快而又舒畅，一起沉浸在一种雅致、恬静又温馨的氛围里。难道，这不也是一种浪漫吗？

浪漫，不仅仅是花前月下的轻柔漫步，海誓山盟的矢志不渝，玫瑰鲜花的柔情蜜意，刻骨铭心的痴情爱语。浪漫，也可以是平常离别的一次无意回眸，执手而握时的脉脉温情，普通书信中的轻声问候，平淡日子里的默默相守。走过春夏秋冬一年四季的日日月月，也许我们就时时和浪漫相约，刻刻和浪漫相守。只是浪漫的味道太淡了、太薄了、太轻了、太柔了，像吹过身边的一阵清风，在我们不经意间闪身而过吹向了远方，又似平静湖面上泛起的一丝涟漪，微弱，淡默，若不留下察看，你绝不会发现水波正浪漫地从湖面悄悄地走过。

浪漫不仅仅是属于爱人间的字眼。浪漫也不仅仅是风情万种的场面。浪漫只需要闲情雅致的情怀，细致敏锐的双眼。平凡的岁月自有平淡的情愫，平淡的情愫也会闪现美丽的浪漫！其实，一切只需睁大你的眼怀着一颗浪漫的心，迎接浪漫的悄悄来临。

请相信爱情

一个远方的朋友打电话告诉我，说她又失恋了。这已经是她第三次失恋了。我不知道怎样去安慰她——每一次失恋都让她伤心欲绝，痛不欲生，让她对爱情越来越失去信心。随着年龄的增加，以致后来让她心生独守终生的念头。

但，后来，我还是告诫她：请相信爱情。

我给她讲了艾莉森的故事，一个英国女孩儿的离奇爱情故事。第一次结婚，17岁，她正对爱情充满无限憧憬。可婚后刚刚10天，新郎就爱上了已经离婚了的自己的母亲。新郎向她宣布所爱的人其实是她母亲后，她惊讶，羞愤，决然和他离婚。搬出了他们生活的大篷车，让母亲入住。第一次婚姻就这样戏剧性的结束了。之后，她和当地一男孩儿堕入爱河，不久，怀上身孕。他们开始谈婚论嫁，订婚，并兴奋地筹备婚礼。可是令她做梦也没想到的是，结婚的前一天晚上，新郎竟然逃跑了。由于结婚请帖早就发了出去，再加上已怀上8个月身孕，她需要赶快为孩子找一个父亲，就询问曾和她约会过的一个18岁男孩是否愿意娶她，男孩儿同意充当她的新郎。可他们的婚姻仅仅维持了两年。2006年，艾莉森开始和一位年龄50岁的男子约会，当年4月举行了婚礼。可她却不知道，此人之前已经结过两次婚。在和她结婚时，仍然没有和1993年结婚的第二任妻子离婚。英国当地法庭作出判决，宣布犯有重婚罪的新郎和她的婚姻无效。这样一个经历过爱情不断打击的人，本应该就此放手，从此绝了爱情这份心思，可她偏不，后来又一如既往奋不顾身马不停蹄地，极为勇敢地奔向爱情。2008年4月18日，艾莉森第四次走上红地毯，嫁给了二十多岁的青年。以致有人对她调侃：“艾莉森，你又结婚了吗？如果你照这个速度结婚的话，阿伯罗斯市的男人将远远不够你嫁！”

艾莉森的故事，我不知道对她有何启示。但我还是提醒她：向往爱情就要相信爱情——用行动证明。

相信爱情，不是相信爱情不会犯错，而是相信爱情是美好的，幸福的，值得我们去追求的。

犯错的常常不是爱情本身。如果是爱情这个人生命题出了问题，我想早就不会有人为奔赴爱情的盛宴，千里迢迢，历尽艰辛，千回百转，矢志不渝了。

犯错的，只有身在爱情中的人——你或他。是不是爱上不该爱的人？——这样一开始就可以预见最终不幸的结局。是不是在不该爱的时候爱了？——爱，要么你无法把握，要么你无力驾驭，爱情终究会离你而去。要么，是不是你心中的爱情太过美好，距离现实太过遥远，以至于你怎么努力也无法企及。

如果一切都好，而上天弄人，要怪就怪上帝吧，他老人家偶尔也会犯浑。但，请相信爱情。

请相信爱情，相信：爱情不一定要最终拥有，爱过即是美丽；爱情不一定要永恒，哪怕片刻，也不枉爱过一程。

爱情这个人生命题，求解的过程或许会异常复杂与曲折，甚至常常会让人觉得无路可走，但请相信它真正正确的唯一答案是“美丽”与“幸福”。

爱是人生的一种奖励

莫文蔚做客《天下女人》，谈她事业中的几次蝶变。中间，杨澜问她，与相恋数年的男友分手是否自认为是一种失败，她果断地回答："不。难道那些结婚的就一定是感情成功吗？有真正爱过怎么能说失败？爱过是很美的，不因为分手就把一切都否定。"

说得真好，爱过是很美的，我们不能因为最终的分手而否定一切。真的，那些曾经给予我们内心力量的情感，那么美的存在过，那么真切地感染过我们，让我们的内心曾经如此地丰盈过，我们怎么能因为不是圆满的结局而轻易地否定它呢？

然而，许多时候，许多经历过爱情的人，却没有她那样的胸怀，他们总会在爱远去后留伤痛与怨恨于心中，耿耿于怀，无法释然。

其实，我们大可不必去悲哀、失望、迷惘，淌两行紫色的忧伤，画一幅悲断肠。

我们要知道，这世界上，有两种花，一种花能结果，如石榴，一种花不能结果，如玫瑰，又如郁金香。可又有谁说，他不喜欢玫瑰的美丽与郁金香的芳香呢？人生中经历的爱情，总会是两朵不同的花，一种让我们过心中甜蜜的生活，一种让我们去留恋它的美丽，轻嗅它馥郁的芬芳。

我很欣赏莫文蔚对待失恋的态度——把爱看作是一种奖励，对生活充满感恩。

因此，在尘世与美好中，在品尝与思量中，在拥有与失去中，以一颗快乐、宽容的心来面对尘世里的情感，我们才不会让爱情的花一朵盛开，而让另一朵在我们心间落败。其实也只有这样，我们的一生才会真正拥有属于自己的、能结出果实的、美丽又芳香的两朵不同的爱情花！

那些时光的快乐与忧伤

不知从何时起，开始挂念学校门口的那株白杨。想它在秋天是怎样落寞得一叶一叶地随风荡尽，想它在冬日将要经受怎样的风霜洗礼，而来年时的春光，却还是那么的遥远和漫长。于是，每次从它身旁走过，我眼中总会盛满许多历经漫长时光才酝酿成的忧伤，并以一种格外怜惜的神情向它望去。那种神态，如同一位痴情的男孩以最深切的思念盼望着一位远方的姑娘。

然而岁月就这样在旁若无人的注视中渐渐远去。那株白杨和我，也这样悠闲而不无惆怅地老去了。也许，就在那一刻，我观望它的那一刻，我明白了我的忧伤与它相关，我的快乐和它相连。

记得，那还是大学时代的岁月。

还记得那个初春的早上，我急匆匆地往学校赶，就这样在校门口与她撞了个满怀。而她，一脸的娇羞，红红的脸颊映红了整个春天，让我的心头也随之开始荡漾。我嗫嚅着不知所措的任凭她惊慌地倒在地上。于是，整个世界，就剩下了她和我在惊慌的观望。而她身旁的那株白杨，此刻，正郁郁葱葱，沐浴着明媚的阳光。我拾起她掉落的书，给以最诚恳的道歉。而她独自起身，拍拍身后的尘土，报以淡淡的微笑。我们就这样相安无事地完成了第一次的际遇。直到多年后，她从远方写信来，在信中取笑我当初呆滞的模样，以及她有些傻傻的惊慌。

于是，第一次相遇成了我和她永远难以割舍的记忆，时常被我们挂在嘴边反复咀嚼着，让它在反复斟酌中变得越发浪漫和经典。

后来，我知道她是怎样一个多愁善感的女孩儿，一时一景都会让她平静的心湖荡起涟漪。她和我临班，不用“隔海相望”我们就能经常遇见。只是那一次，才让我们真正地对对方有了刻骨铭心的记忆和美丽的怀念。

她说她喜欢校门口的那株白杨，喜欢它的坚韧和沧桑，落寞和彷徨，就像她的心情、我的脸庞，她当初遇见我时我呆滞的模样。我随她的手指望去。果然，只有它，独自在风中兀立。而它的两旁，空空荡荡。我笑她的呆与坏，她也将惆怅从脸上随笑隐去，从眼中跳跃出调皮的戏弄的神韵来。然而，那一刻，我忽然有莫名的忧伤涌动，溢满胸膛。想我们的爱情会不会真如那株白杨，独自去经历人世间的春夏秋冬，雪雨风霜？

来自不同地域的我们真的无法预知未来。她说，她不会撇下父母远走他乡，而我亦告诉她，当前程未卜时，我不会轻易将自己困在婚姻中。然而，一切都不用管，毕竟毕业遥遥无期，而现在岁月静好，青春正盛。抛弃遥远的苦恼，我们只需牢牢记住现在，珍惜现在。我陪她一同踏春，一同去远方寻觅古人留下的遗迹，一起观赏夜晚的街景。也看她将忧伤怎样地随风荡尽，而唯留给我一面快乐与温情。

于是，爱情随着校园里那些藤蔓一块疯长，在我们毫无觉察中变成了一堵绿墙。快乐成了我们相聚的主题，她也会为我忘却性情中的那份孤僻。而我，却会在夜深人静时，情不自禁地想她最初多愁的脸庞、寂寥的眼神，而开始遐想并寂寞的怅惘。

毕业遥遥无期，终于也成了有期，直至迫在眉睫了。离别中的无法割舍与现实的无奈横隔在所有校园恋人的中间，让他们无从选择，又无法逾越。离愁飘荡在校园的每个角落，在这个格外炎热却又有些清冷的六月。最后，还是在校门口那株白杨前，我们话别，各奔东西，让往事成为一段永远绵长而忧伤的记忆。那一刻，白杨的绿浓郁得无法化解。

此处的白杨常会让我想起彼处的白杨，而后让我想起往昔。今天，我仍守着故土，而她已在远方成了他人的妻。那些时光的快乐和忧伤，时常还会在我们彼此不多的通信中偶尔提起。只是，渐渐淡薄成了几张无法藏住往昔的透明的信纸。我知道它现在还不曾随时间一同老去，褪掉颜色，失去光泽。就像我一抬头便可望见的校门口的那株同样孤寂的白杨，在悄无声息里便可牵出许多往事与故人的模样，让我顷刻间就能与他们遇见。

然而，往昔终究成为往昔，我们谁也无法挽留。所以，只留回忆和寂寞的相思，让它慢慢随时光一点一点淡去，直至了无痕迹。

家是两颗相互温暖的心

又是周末，快下班的时候，窗外忽然下起雨来。不久，小雨就变成了暴雨。望着窗外的雨，他有些发呆：“今天到底去不去见妻子？这该死的鬼天气！”

那时候，他和妻子身处两地，过着周末夫妻的生活。

他满腹怨言，一脸愁绪地诅咒着恶劣天气。想一想善良的妻子每周有五天在娘家度过，他真有些不忍心不去。他横下心来，披上雨衣冲上路。

摩托车在泥泞的路上飞奔，任凭狂风卷着暴雨灌进他的脖子。雨水沿着脸颊流下来，很快迷住了他的双眼。往事重新在脑海一一闪过。

四年前的一个雨天，雨也下得这么大，天空还夹着雷声。他和相恋三年的女友，静静地站在一家商店门口。透着蒙蒙水气，他们都望着远方，不知今后的路该怎样走。沉默，还是沉默……天快黑的时候，她挣扎着摆脱他的手。僵持了许久，她终于鼓起勇气说出一句话：“我们分手吧。”“为什么？”他不解地问。她没有说话，径直冲到雨中。他没有去追她，任凭她消失在远方。

后来有人说，她还是爱他的，只是他没有她要的房子。现实就是这么残酷，人生充满曲折与不幸。那时，他只是一个来自农村又刚刚毕业的临时工，他从来不敢奢望自己能在城里有一所属于自己的房子。爱情被现实击碎了，他的好心情随同爱情一起化为灰烬。

后来，朋友给他介绍了许多女孩子。大部分他没有勇气去见，而相见的又都因他没有“房子”告吹。

再后来，朋友给他介绍了现在的妻子。那时，他们只是相互不反感，令他感激的是她自始至终没有问及房子的事。或许他们年龄都已大的缘故，很快他们结婚了。结婚后，没有房子，妻子就住在娘家，而他住在离她家几十里路远的单位集体宿舍里。因为路远，他和妻子只有周末相守在一起。在他心中一直有一个谜，条件不错的妻子，为什么会选择他这个生活在城市中而又没有房子的男人呢？

往事如烟，生命如流，许多过去的事已不堪回首……

不知过了多久，他的车停在了岳母家门口。妻早已伫立在雨中，手中撑着伞，焦急地向外张望着，狂风卷起的雨水打湿了她的裤脚，焦急的眼神充满着期待。那一幕，让他心中涌起无限的激动，不知那种激动是对妻的崇敬、感激还是真挚的爱。虽然，在这以前，他们之间还不太了解，还没有什么真爱可言。

夜晚入睡时，听着窗外雨水敲打玻璃的声音，他的心温暖却又愧疚。他对妻子说：“真对不起你，我没有能力给你一个独自生活的房子——我们的家。”妻听了，只是淡淡一笑说：“没什么，对于我来说，家不是一座房子。家是你我相爱着生活在一起，只要我们在一起，哪里都是我们的家，哪怕我们一生都没有自己的房了。”妻的话语说得平淡不惊，就像空中飘过一片云彩，林中吹过一阵清风。但，那几句话却俘获了他曾经不安的心。

听着妻子淡然而又真诚的话语，他的心中涌动着许多名叫“感动”的东西。对于家的认识，也渐渐在他心中清晰起来。家是什么？家不该是他们曾经梦寐以求空空如也的大房子，家是两颗可以相互温暖的心。

爱情是一条很浅很浅的小河

那天晚上，朋友一脸忧伤地来找我——喝酒。后来他喝醉了，忽然和我谈起他的爱情来。

那天，我是他最忠实的听众。

他说，他的爱情和一条小河有关。

我看见他慢慢点燃一根烟，深深地吸了一口，又轻轻柔柔地吐出，让烟雾慢慢氤氲他那伤感迷离的脸庞。

他伤感地说，高中的时候，他莫名其妙地喜欢上班里一个女孩儿。那个女孩儿清秀，聪慧，和他一样——是班级里出类拔萃的好学生。只是那个时候，学业压力太大了，他生性又很腼腆，所以始终没有鼓起向她表白的勇气。他做得最多的事情，就是利用一切可以利用的机会接近女孩儿，嗅一嗅她身上的气息，偷看她几眼。除此，连找她说话的勇气都没有。他就这样从高一一直暗恋她到高三。其实，他知道这样做永远都不会有结果，他也明白，如果他不主动向女孩儿表白，那个女孩儿可能对他奇异的举动一点察觉都没有。那个女孩儿没有主动和他说过一句话，也没有向他暗示过什么。他一直都在痛苦地单相思着。为此，他非常苦恼。

高三下学期，快要毕业的时候，班里许多的“地下恋情”开始大胆地浮出水面，而他还是没有勇气向女孩儿表白心迹。他开始莫名的烦躁，学习也很难集中精力，有几次被老师叫到外面严厉批评。可他不愿意向别人道出心中的苦闷，总是独自默默地承受。随着毕业日期渐渐临近，他愈加感到有难以言说的痛苦。

那年的6月，连降的暴雨充满了沟沟壑壑。有一段时间，他发现女孩儿每天总是迟到。他有些好奇，就偷偷地打听，无意中，他听后面的女生说，女孩儿回家的路被暴雨冲出了一条“小河”，每次回家和上学，她不得不绕道很远。他心疼了，决定亲自送女孩儿过河上学和回家。

不久后的一天下午，他们在“回家”的路上相遇了。他鼓起勇气，红着脸，主动和她搭话。他对她说，他父母最近不在家，他要到姑姑家住，和她顺道。女孩儿信了，点点头。他说，干吗不走那条近道呢？我帮你搬车吧。女孩儿羞涩地笑了。就这样，他创造了第一次和女孩儿近距离接触的机会。

那天，他激动不已地跟在女孩儿后面，小心翼翼，用充满爱意的目光跟随她的身影向前移动。偶尔，她也会回头问他一些问题，高兴得他合不拢嘴。更多的时候，他们沉默着一前一后地赶路。

临近那条小河的时候，他开始猛力踏车，冲到女孩儿前面，然后来个急刹车，跳下车，站稳，支好车，害羞地静候女孩儿的到来。

女孩儿到了，他主动迎上去，从女孩儿手里接过车，搬起来，大胆地淌进那条小河。到了河对岸后，他把女孩儿的车停好，赶紧转身，把手伸向在河里小心翼翼走过来的女孩儿，拉她上岸。然后，他再回去，搬自己的车过河。

那一天，他第一次拉女孩儿的手，感觉她的手是那样的温暖，一下子就暖到了他的心里。

那天下午，他绕了很远的路，到家的时候天已经黑了。那天晚上，他还做了个梦，又一次温习了帮女孩儿过河的情节。

说到这里，我看见他脸上洋溢着幸福的微笑，把话打住，深深地吸了一口烟，然后把烟又洒脱地吐出。烟雾缭绕在他微笑的脸庞，久久不愿散去……

他说，第二天早上，他又绕很远的路去等她，随女孩儿一同上学，帮她搬车过河，一切都是那么的自然。就这样，他送女孩儿上学回家很多次。那条小河，见证了他的爱情。

他忽然得意起来，说，后来，他能感觉女孩儿对他很好。

再后来呢？我笑着问。

他沉默了。

再后来，他们考上了不同的大学，从此天涯相隔，再也没有联系过。过了许久，他才回我的话，脸色也变得很难看。

我的心“咯噔”一下，像是被一把利器刺中，疼痛起来。他的回答太出乎我的意料了。

我好奇地问他，为什么不利用过河的机会向她表白呢？

他的脸抽搐了一下，泪水无声地流淌下来。

他说，中间有几次，他都鼓起了向女孩儿表白的勇气，但他总认为可以再等等。后来，在他决定向女孩儿表白的第二天清晨，那条过路的“小河”被人堵住了。

他说，一路上他都没有再遇到那个女孩儿，因为女孩儿早就顺利地到校了。再后来，他再也找不到接近女孩儿的理由了。

巨大的悲伤突然荡漾在他脸上。

那天，他喝了好多的酒。他向我不停地重复着两个字——后悔。

后来他告诉我，今天下午从一个同学的口中得知，女孩儿那时其实也是喜欢他的，她一直在等待他的爱情表白，可她没有等到。而现在，困在各自婚姻中的他和她，就像驶向不同地方的火箭，擦肩而过后，就是永不相见。

那一刻，我忽然明白，爱情其实是一条很浅很浅的小河，双脚蹚过的一刹那，心灵与勇气也要随之一块蹚过。